文春文庫

メランコリック・サマー

みうらじゅん

文藝春秋

メランコリック・サマー

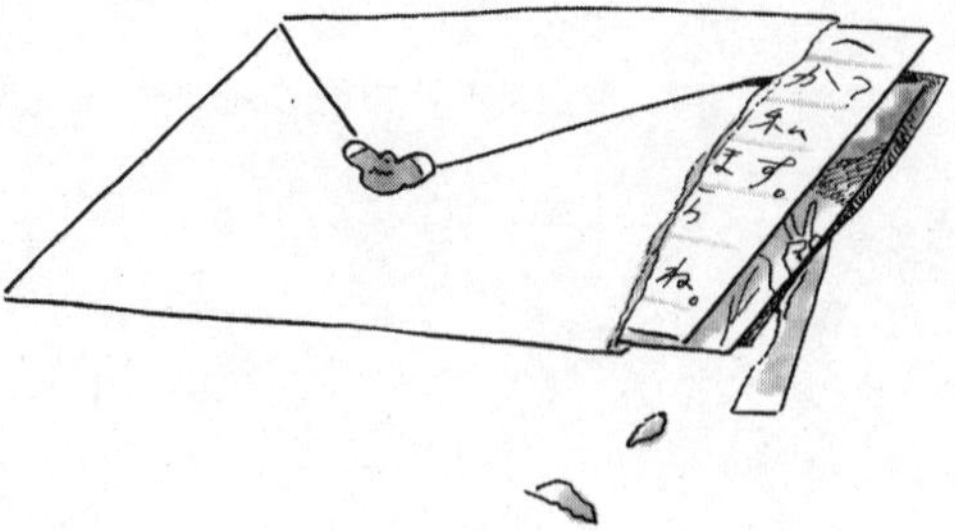

メランコリック・サマー　もくじ

メランコリック・サマー　もくじ

メランコリック・サマー　もくじ

坊主になりたい

人生の3分の2はいやらしいことを考えてきた。

将来、出家をするつもりでいた。小学生の頃、仏像の魅力にグッときて、中・高は仏教系の学校に通った。半ば、ノイローゼ。自分ん家が寺でないことを不幸に思い、せめてもの〝業界入り〟だった。その後、仏教系の大学に進み、僧侶の免許を取得。地方に点在するという無住の寺に入り込む計画。そうすれば、もれなく仏像も付いてくる。マイ仏像を前に1日中、タダで拝観出来ると考えたのだが。

しかし、そんな煩悩を遥かに超えた思春期の嵐に巻き込まれ、しこたま童貞をこじらせることになる。

出家に伴うツルッツルの坊主頭はさらに自らをモテから遠ざけることだろう。

そう悟った僕は、高二から校則を破り、つったって耳に少し毛がかかる程度のロン毛で吉田拓郎を気取り、学祭のステージで自ら作った歌を熱唱。意に反し、観客の総スカンを食らい続けた。

その恨みもあってか卒業後、僕の髪は肩までどころか腰まで伸びた。

「不潔だから切りなよ」

上京して数年後、ようやく出来た彼女は言った。

もはや憧れの人が、空海から拓郎までも通過して、ハードロックに向っていた。

「ねぇ、ちゃんとお風呂入ってる？」

煩《うる》さいなァーもう！　ようやく母親から解放されたというのによォー。気持ちまでもがハードになっていた僕は注意を受ける度、不満だった。だけど、そんなことで嫌われ、別れ話に発展して貰っては大変、困る。

「入ってる、入ってるよ」

と、浮ついた目で返すのだが、実はこの2、3日入っていない。

「嫌よ私、不潔な人とエッチするの」

彼女は自宅住いだから、帰れば風呂に入れる。大体、このアパートでエッチが始まり、君をバス停まで送っていく頃にはすっかり大衆浴場は閉ってるんだ。

言い訳に過ぎないことは分っているが、仕方ねぇーだろうよォー！

ある夜、エッチが終った時、彼女が言った。

「ねえ、最近、ちょっとアソコが痒《かゆ》いんだけどー」

思い当る節はあった。僕もこのところアソコが少し痒かったからだ。

「ねぇー、ケジラミじゃないの？　コレ」

コイツが下出家の原因

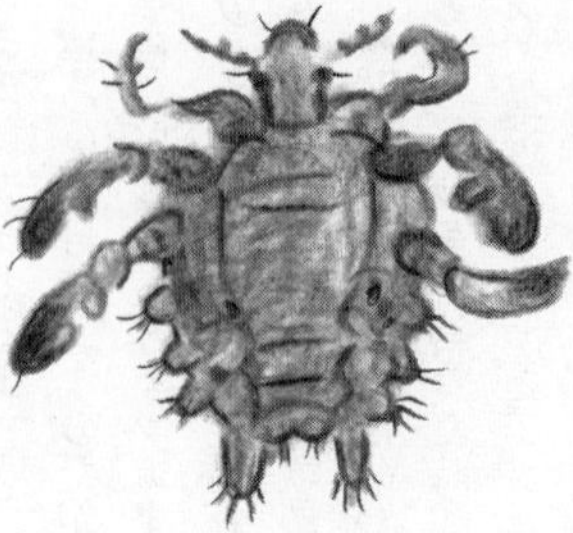

〝ケジラミ⁉〟

「不潔にしてるアソコの毛に発生するという」

当然、この場合、不潔にしてるアソコは僕のものので、それを私に移したんじゃないかと、抗議しているわけだ。

「ちょい、見せてみぃ」

そのカツアゲのような言いっぷりは、過去、彼女に同じようなことがあったんじゃないかと思わせた。エッチの最中ならまだしも、素で股間を晒す検診はちょっとした恥辱プレイである。

彼女はグンと僕のアソコの毛に目を近づけて、その毛根辺りに小さな粒状のものが付着してると言い、「間違いなくケジラミ！」と、断定した。そして、「もう、剃り落すしかないよ」と、早急な措置を提案。僕にハサミを要求し、その箇所をある程度短く刈られた。さらにハンドバッグから眉毛剃りだというものを取り出してその刃を当てた——

股間は青い剃り跡だけを残し、ツルッツルになった。

「仕方ないわ。私も今日、家で剃るから」

二人して〝下《しも》出家〟と相成ったのである。

熟女の良さって？

人生の3分の2はいやらしいことを考えてきた。

若手刑事・森田は殺傷事件が起った現場の再調査に向う電車の中、窓側に座った老刑事・丹波に、「そもそも何で、切り付けられた男は、二回り近く歳の違う熟女を恋人に選んだんですかねぇ？」と、聞いた。

丹波は冷めた駅弁を口に運びながら、「分らんか？　君は今、いくつなんだ？」と、渋い顔で言った。

「はぁ、3日後に誕生日を迎えるんですが、早生れなもんで同級生はもう、三十路突入ですよ」

「おいおい、そんなことまで聞いておらんよ」

丹波は軽く笑いながら、車窓に目をやった。そして、自分の若かりし頃を思い「だったら分らなくて当然だな」と、呟いた。

だが、その声は車内アナウンスと重なり、森田の耳には届かなかった。

「男は今をときめくIT会社の若き社長ですよ。何も熟女に手を出さなくたっていいと思うんですが」

今、知り得る情報を元に森田が話を蒸し返した。丹波は弁当と一緒に購入した缶ビール二本を取り出して、その一本を森田に手渡そうとしたのだが、「酒は飲まないので結構です」と、振り払われた。その無粋な行動も気に入らなかったが、「丹波さん、職務中ですよ」と部下に窘《たしな》められたことに腹が立ち「関係ねぇよ！　そんなこと。こんな情痴事件は酒でも飲まずにやっとられるか」と、声を荒らげた。

丹波は極端に酒が弱かった。その上、酒癖も悪い。新米刑事と組まされると聞いた時から、なめられてなるものかと少し悪ぶってみせたつもりだった。

「じょうち？　って何です」

「君はそれも知らんのか！」、缶ビールを持つ手が震えた。

「それにしても熟女のどこが良かったんですかね？」

それでもしつこく聞いてくる森田に、「熟してるものは柿だって桃だって、何だって美味しいに決ってるだろーが！」と、怒鳴った。

しかし、森田は平然とした顔で、「いや、お言葉を返すようで何ですけど、肉だって魚だって、やっぱピチピチして活きのいい方が美味いでしょう」と、答えた。

「な、何だと！」

「それに丹波さんの言ってる熟女って、結局、丹波さんより歳下なわけでしょ」

一瞬の沈黙が走った。確かに容疑者とされるその熟女の年齢も丹波より随分下であった。

「丹波さんの熟女の条件って、何なんです？」

「いや、俺は自分より歳上だって一向に構わんがな」

そう言って丹波は早々、もう一本の缶ビールに手を付けた。

「失礼ですけど、丹波さんって今、おいくつですか？」

今度はそれを聞かれる番だった。来年、定年を迎えるなどとは口が裂けても言いたくない。「ま、要するに君は若過ぎて、人生経験を積んでおらん。熟女の良さなど気付くはずもないってことだ」と、話をまとめたつもりだったが、森田は「なら、その熟女の良さってやつをお教え頂けませんかね？」と、楯突いてくるではないか。

ここはぎゃふんと言わせたいところだが、丹波にそのような経験はなく、良さに気付いたのもAVからであった。二本目の缶ビールも空け、丹波は何を思ったのか、「うちの女房を見れば分る!!」と、車内に響き渡る奇声を発した。

それって何の略？

人生の3分の2はいやらしいことを考えてきた。

携帯といや、傘かラジオ、灰皿ぐらいしか浮かばなかった昭和。分らないことや思い出せないことは、全て勉強不足と老化で片付けられてきた。それでも想像力と、さらには妄想力で補ってきたが、今では、「アレ、何だっけか？」と、なる前にスマホを取り出し検索する時代である。

〝ケンサク〟と聞けば当然、僕らの時代は森田健作。しかも剣道着姿で思い浮かべたもんだけどな——

友人のTとは同い歳で、たまに酒を飲みに行っては互いの近況を報告し合う仲。Tは老眼で四苦八苦してるくせに、やたら検索したがる輩で、僕はその間、話の腰を折られたようでとてもつまらない。「もう検索無しで飲もうや」と、提案してみたのだが、Tは1時間も経たない内に禁断症状が出始め、「しないけど、出すだけ出しといていい？」と、カウンター席の机にスマホを置いた。

「だから俺、今度、永久脱毛しようと思ってんだ」

話の続きはそれだった。

「お前には分らんと思うけど、マラソンする者はみな剃ってんのよ」

だから今は自らカットしてると言うのだが、

「俺って毛深いじゃん。走ると擦《す》れて痛いのよ」

そもそもTのナチュラルな状態など知らない僕は、〝陰毛がないアソコを想像してみな〟と、ジョン・レノンのイマジンみたく問われても困るわけで、仕方なく想像するのは外国のポルノ男優のアレ。奴らは昔っから全剃りで、さらに長く見せていたから。

「でも、何も永久脱毛なんてしなくてよくない？」

僕は一応、心配そうに聞いたけど、Tのチンコ事情なんかに全く関心などない。勝手にしやがれである。

「今はファッションとして、女子だけじゃなく男もする時代だぜ」

その時、ふと以前から疑問に思ってたことが脳裏をよぎり、聞いてみた。

「CMでやってるVIO脱毛って一体、何の略？」

Tは脱毛に関しては譲れないらしく、「それは女子のやつさ」と、即答した。そして、机の上のスマホに手を伸ばそうとしたので、「ダメだよ！　検索しちゃ」と、僕は止めた。

「ちょっと、ダメぇ？」

出した手が微妙に震えてる。

「ま、お股の略だろうな」と、苦し紛れに言うもんで「お股なら、OMTじゃないか」と、ツッ込んだ。

「ま、そうだけど、それじゃカッコ悪いだろ」

それじゃ何もVIOの説明になっていない。しばらく考えてTは、「分った！」と、店内に響き渡るような大声を発し、「Vは、ビキニラインだよ」と、言ったが、ビキニの頭文字ならBである。

「分った！　Oはオシリだ」「カッコ悪いじゃない、それ。じゃIは？」

珍しくその話題で白熱したが、Tがトイレに立った時、油断した。机の上のスマホが無かったからだ。トイレから出たTはやけに真顔で近づいて来て、僕の耳元で「大体、予想は合ってた」と言い、スマホ画面の解説を読ませた。

〝WXY〟と、縦書きしては「ヌードや！」と、騒いでた少年時代がやけにかわいく思えた夜であった——

（詳しく知りたい人は検索してみて）

僕らのシネマ・パラダイス

人生の3分の2はいやらしいことを考えてきた。

還暦過ぎてもまだ、心のどこかで〝大人を困らせてやりたい〟という願望がある。大人とは、すなわち体制であり、それに刃向うアンチ精神こそが、ロックだと信じて止まないからだ。今よりもっと大ロン毛だった大学時代。同志二人を得て、初の？アンチ計画を企てた。組織名は〝牛部〟〝猫部〟〝チャボ部〟など、数々挙がったが、正式なクラブ活動として認可が下りるためには顧問の先生を見つけることが先決であった。

既成のクラブでは上下関係もあり、今からでは何かとやり辛い。ここは手っ取り早く新しいクラブを立ち上げ、来たる学園祭で模擬店のテントを確保し、その中でエロ映画の秘密上映会を催したかったのである。

顧問探しに奔走した結果、猫なら好きだから引き受けるよという先生が現われ、『猫部』とした。その後、学祭実行委員会にも何度となく出席、心証も良くして、表向きは飲食店で申請してたので検便検査も済ませた。

そもそもそのアンチ計画の始まりは、部長に就任したTの親戚が映写機を持っていると聞いたから。まだ、ビデオなど普及してない時代。上映するといっても8ミリフィルムだった。しかし、肝心のエロフィルムがない。買うとしてもきっと高価に違いなかった。

どうにか出店までは漕ぎ着けたが、学祭を目前にして猫部は大いに悩んだ。

「もう、いっそのことタコ焼き屋一本に絞る？」

関西出身ということもあり、家庭用タコ焼き器を実家から持ってきた僕は弱気になって言った。

「それじゃ、フツーの模擬店じゃないか！」

すぐに却下されたが、その頃、日本に上陸したてのアイスクリーム屋を捩《もじ》って、31種の違った具材が入ったタコ焼きを提案したら、「それ、受けるかも」と、賛同を得た。

「昼はタコ焼きで稼げるわけだし―」

少し、気が大きくなって、エロフィルム代を三人で割ることにした。そして都心に出掛け、大きな電機屋の8ミリコーナーの棚を物色した。中でも取り分けアンチに相応《ふさわ》しいタイトル『発禁縛り婦人』を手に取って、その箱の解説を読んだが、尺は8分と書かれてある。

「短くね？」

でも、僕らの予算にはそれが妥当だった。その夜、Tのアパートで試写会が催された。壁に大画面で映るSMシーンに唾を飲んだが、何よりも驚いたことはラストが浣腸。アンチどころかウンチだった。

本番当日、具材を揃える金はなく、看板に偽りありのたこ焼きサーティワン。当然人気は無かったが、夕方になりテントの入口に『㊙上映会』と貼り紙を出しただけで、あれよあれよと客が集まって来た。

「うおォ〜!!」

歓声は次第に雄叫びに変わり、上映もフル稼動となった。客は膨れ上がるばかりでちっとも帰ろうとしない。何十回目かの上映の最中、とうとう突然、映写機が火を吹いてフィルムが燃え出した。テント内はパニックとなり、慌てて外に避難しようとする客が押し合い支柱に足を引っ掛けた。テントはグラッと大きく揺れ、そのまま横倒しとなった。

あわや大惨事。怪我人は出ずに済んだが、困ったのは僕らの方。映写機は壊れ、『発禁縛り婦人』は焼失した。

翌朝、学長室にまで呼び出され、営業停止の勧告と、お叱りを受けたのだった。

カバーのうしろ

人生の3分の2はいやらしいことを考えてきた。

バブル期、初版からして何百万部というメジャー漫画の単行本があったと噂で聞く。自作の本を出版して貰えるなど僕にとっては、そもそも夢のような出来事だったあの頃——月の初めになると、載せて貰えるかどうかすら分らない漫画原稿を手に出版社を訪れた。編集者はそれに目を通すと、しばし沈黙した後「また、来て下さい」と言う。

それ、すなわち〝ボツ〟。僕はまた来た道をすこぶるブルーな気持ちで戻るのが常だった。

それでも1年近く通い詰めたのは、自信があったわけじゃなくたぶん自覚が無かったせいだと思う。

ようやくデビュー作『ウシの日』が雑誌に掲載された。仔牛が牧場から逃走、別天地と信じてた都会で結局、肉に成ってしまうという切ないストーリーなのだけど、絵がヘタな上にコマ運びもなってない。今、読み返すとこれでよく漫画家を目指したもんだとゾッとする。

その頃まだ、学生だった僕は迫り来る就活シーズンをものともせず、次回作の構想ばかり練っていた。三作目にして、絵のタッチを少し劇画調に変えたのは、創作ではなく、実体験に基づいたリアル漫画を描こうと思い立ったからである。

登場人物はみな、外国人名にした。

「ビーバー！　裸で何をしているの!?」

「ママ……、スイミングの練習をしてたんだよ……」

ベッドにうつ伏せになり腰を振っている現場を見つけられたビーバー少年を、その後、チンコをいじれないようパパがベッドに縛り付けるというストーリー。

世にエロ漫画はたくさんあれど、オナニーが見つかる漫画などない。僕はそれを新ジャンル確立と意気込んだのである。

田舎の両親は就職先も決まらず呑気に漫画を描いている息子を当然、心配してた。それでも掲載された漫画誌は親戚にまで配るという親馬鹿ぶり。だからオナニー漫画はどうにか作り話の体《てい》にしたつもり。

それから2年ほど経って「単行本にします」と、出版社から夢のようなことを聞かされた。しかし、下ネタ満載の漫画本。どんな顔をして親に見せればいい？

少し安心したのは刷り部数が二千部。これなら地方には回ることはないだろう。しかし、ある日、帰省した時、居間の机に何十冊もその単行本が山積みになっているのを見

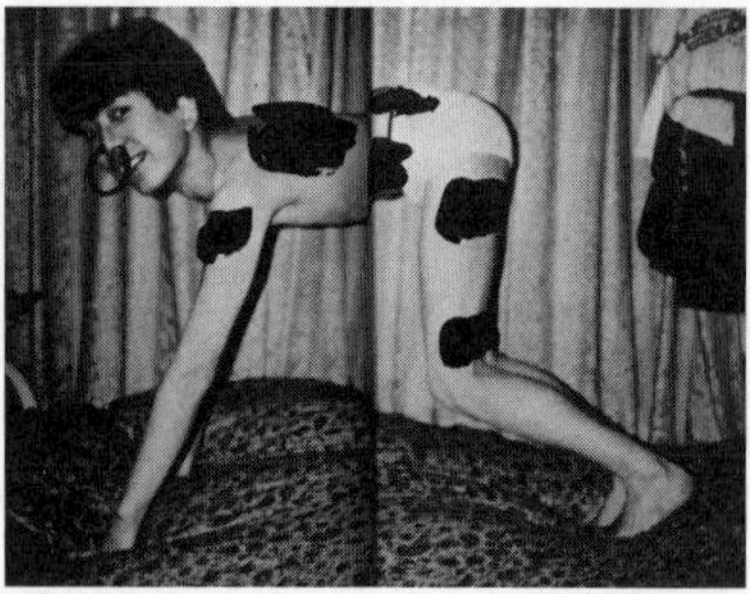

た。

「あんた、コレ、親戚に配ろう思たけど、カバー外したらとんでもないことになってるやないの」

オカンが半笑いで言った。カバー自体、牛が交尾している絵だったが、本表紙は白ブリーフ一丁でベッドに四つん這いになった息子の写真。ホルスタインの牛に見立て、身体には黒い斑が描き込まれてある。

「もう、恥かくとこやったわ」、そこなんや？

初の単行本は重版されることはなかったが、編集部から一度電話で「みうら君にファンレターが届いてる」と言われ取りに行った。

万年筆で書かれた達筆な文字。二枚に渡る手紙には単行本の賛辞が綴られており、〝大ファンの中学生より〟と締めくくられていた。

「イカれたオヤジのイタズラだよ」

編集者は笑ったけど、僕の目からは涙。だって、その筆跡はうちの父親のものに違いなかったから。

宇宙と通信！

人生の3分の2はいやらしいことを考えてきた。

〝ピロピ～ヒョロピィ～〟

生れて初めてFAX音を耳にした時、地球侵略を企む宇宙人の声のようで慌てて電話を切った思い出がある。そんな昭和の出来事をなつかしく思うと同時に、今ではすっかり絶滅危惧種扱いなFAX機。

「もういい加減、パソコンに切り替えましょうよ」

まるで僕からの受信のためだけにFAX機をリースしてると言わんばかりの編集プロダクションの担当者は毎度、そんな苦情を訴える。

「でもスゴくない！　ここにある原稿が同じ状態で転送されるんだよ。もうこれは魔法としか言い様がない」

当然、その原理が分らないままの僕は、FAXまでで科学の進化は止めていいと反撃する。

「結局、科学ってやつは戦争のために進化するんでしょ。その点、FAXは人を傷付ける

ことも なく――」

この僕の説はFAXが一般に普及した'80年代から何の進化もなく、今では誰も耳を貸してはくれなくなった。この先も通信はFAX一筋を貫く気満々な〝ファッカー〟としては本当、困った時代になったものだ。

一番最初にその番号が記された名刺を貰ったのは、ある大手出版社の美人編集者から。その時、少しドキドキしたのはFAXの存在すら知らなくて、それが彼女のプライベートな連絡先だと思い込んでいたからだ。以前にも二、三度仕事の依頼があって、その度、喫茶店で会っていたのだが、連載が決まり、彼女から今後ともよろしく的な酒の誘いを受けた。「私、ウワバミですから」、僕への警戒心もあってかそんな前置きをして、居酒屋に入るなり升酒を注文した。ここは負けてはいられない。僕も同じものを頼んだ。

しばらくは仕事の話をしたが、もう既に出来上った状態の僕はさらに饒舌となり、気付くと口説きモードに入ってた。白いブラウスの中、そのふくよかな胸が窮屈そうに収まっているのが分る。黒いタイトスカートからスラリと伸びた足が時折、組まれるのは挑発を意図しているのか？

そんな勝手な妄想が膨れ上がっている最中、彼女は至って平然とした顔で「連載の方、よろしくお願いします」と頭を下げ、そのまま、レジに向った。

「もう一軒、行こうよォ」

店を出るなり甘えた声で訴えてみたが、うまく遇《あし》らわれ彼女が止めたタクシーに一人、仕方なく乗せられた。

〝ファックスがしたい……〟いや、無性にファックがしたかった僕は仕事場で以前貰った彼女の名刺を捜した。そして、そのプライベートな連絡先に電話を掛けたつもりだったが、

〝ピロピロ〜〟〝ピィ〜〜ピロピロピィ〟

いきなり宇宙人のような音声をかまされ、慌てて受話器を置いた。

「何だこれは!?」

ひどく酔っ払ってるせいで番号を押し間違えたのかも知れない。今度は少し冷静になって掛け直したが、相変らず宇宙人が出る。これは混線に違いない。音が途切れた時を見計らって「今から新宿あたりで飲み直しませんか……」と、早口で言ったのだが、また、〝ピ〜〜ッヒョロピ〜〜〟

当然だけど彼女からの返答はなかった。

振り返るにあの時、しつこい男と思われずに済んだのもFAXのお陰なのである。

ぼくらの危機的状況

人生の3分の2はいやらしいことを考えてきた。

「今年は冷夏らしいッスね。店内に流れてる放送で言ってましたよ」「まぁ、お前とずっと体をくっ付けちゃってるから、その方が助かるけどな。それにしても暗いよなぁ」

「ま、今は何たってケータイの時代ですからね、我々、電池は売り場を変えられたんでしょ」「こう暗くちゃ客だって見つけられんだろ」

「そもそも我々はケータイには必要ありませんから」「おかしいじゃねぇか。電池もなく使えるなんてよ」

「専用コードを使って充電するらしいですよ。ま、モバイルバッテリーは今でも電池は使いますがね」「お前、やけに詳しいじゃねえかよ」

「この間まで売り場が同じだったじゃないですか」「じゃ、わしら〝単1〟の登場だ」

「いやいや、我々が入るようでは嵩《かさ》張りますんでね。そこは〝単3〟あたりが妥当だと」

「単3だと！　あの新参者めが調子に乗りやがって」

「いやいや、単3も、もはや古株。ローリング・ストーンズのロン・ウッドぐらいの立ち位置ですから」「お前、やたら単3の肩持つじゃねえか」

「今、乾電池は単5までありますからね」「酒のつまみの小せぇ干し肉みたいなやつな」

「カルパスのことですね」「じゃ、あいつらは？　ほら、ボタンみてぇなやつだよ。背に〃＋〃の」

「あぁ、コイン形リチウム電池のことですね。薄型テレビのリモコンなどで大活躍してますよ」「ふーん。何だか気に入らねぇーなぁー」

「どうしたんです？　最近、愚痴ばっかり言って」「馬鹿野郎っ！　お前はこの現状に危機を感じてねぇのか」

「何にです？」「本当にお前は馬鹿だな。わしらが、どんだけここにいると思う？」

「ほぼほぼ、このコンビニが出来た頃からですかね。乾電池のコーナーは昔っからありますしね」「馬鹿野郎！　わしらだけが何故、こんな暗い場所に追いやられたかってことだよ！」

「なるほど……」「おい！　わしらの使用推奨期限、読めねぇか？」

「そんなのどこに書いてあるんスか？」「足元の辺りだよ、足元！」

「暗くて読めませんが、まだバッテリーはビンビンだぜって自信はありますよ」「それは一度でも試したことのある奴が言うセリフだろ！　役立たずのまま、茶色いゲロ吐いて死に絶えた先輩の噂、聞いたことがねぇーのかよ」

「それは液漏れですね。時間が経つと粉になりますよ」「いらぬウンチク、ぬかしてんじゃねぇーよ！」

〃お客様は2千円以上お買い上げなので二枚、クジを引いて下さい〃

レジに出された四角い箱。手を突っ込むところが黒いビラビラになっている。

僕が言われた通り中から二枚のクジを取り出すと、一枚はハズレ。もう一枚は何か当ったようだ。店員は〃お持ちしますね〃と言って、レジ内の引き出しから〃単1乾電池二個パック〃を取り出し、こちらが〃いりません〃と言う間も与えずレジ袋に詰め込んだ。

「一体、我々を何に使うつもりなんでしょうかね？」

「馬鹿野郎、声がデカイよ」

家の懐中電灯は当分、使えそうだし、仕方ない。取り敢えず台所の引き出しに放り込んだ。

真夏の鏡地獄

人生の3分の2はいやらしいことを考えてきた。

大学一年の夏休み、プラッと帰省した。実家の呼びブザーを押し、驚くオカンの顔を見たかったのだが、何とドアから見知らぬ女性が怪訝な顔つきで現われ、「どなた様ですか?」と、聞いてきた。

いや、どなた様と聞きたいのはむしろこっちの方だ。しばし、この狐につままれたような状況に呆然としたが、何のことはない。オカンの来客が代りに出たのだと思い、「ここん家の息子です」と、答えたのだけれど、その女性は「どこん家の?」と、また聞き返してくる。どこん家って、ここん家に決ってんじゃないか! 複雑な思いでいると、「ひょっとして、前にお住みになってた方ですか?」と、言うではないか。

〝えっ!?〟

「だったら数ヶ月前に引っ越しされましたよ」「どこにですか?」「それは存じ上げません」

改めて表札を見てみると確かにうちのではない。

「どうも失礼しました」

僕は途方にくれ、この場を立ち去った。

「あんたに知らせてなかったっけ？」

幸いなことに電話番号は変ってなくて、公衆電話ボックスで脱力した。

それでようやく新居のある場所に辿《たど》り着けたが、市内からけっこう遠かった。

「あんた、帰って来るんやったら前もって電話いれてや」、オカンはそう言って家の中を案内した。どの部屋もまだ、新しい畳の匂いがする。「ここがお風呂」、言われてサッシのドアを開けると、やけに光るステンレス製の浴槽が見えた。

夜、入浴した時、ちょっと驚いたのは浴槽内に己れの裸体がまるで鏡のように映し出されることだった。しかも、広くはないので至近距離で性器が丸映り。やっぱ、恥ずかしい。

〝己れを見つめ直し、日頃の行いを改める〟

そんな目的でステンレス製を選んだわけじゃないだろうが、以降、帰省するたびに気になっていた。

〝京都のぶぶ漬け〟という言葉の真意は、ふいの来客に対し、「今日は何のお構いも出来ません、お帰り下さい」の隠語であるが、うちのオカンの場合はそれじゃない。特に夏場の来客には、サッパリして帰って頂きたい。そんな気遣いから、「お風呂、入っていきよし」が出るのだ。

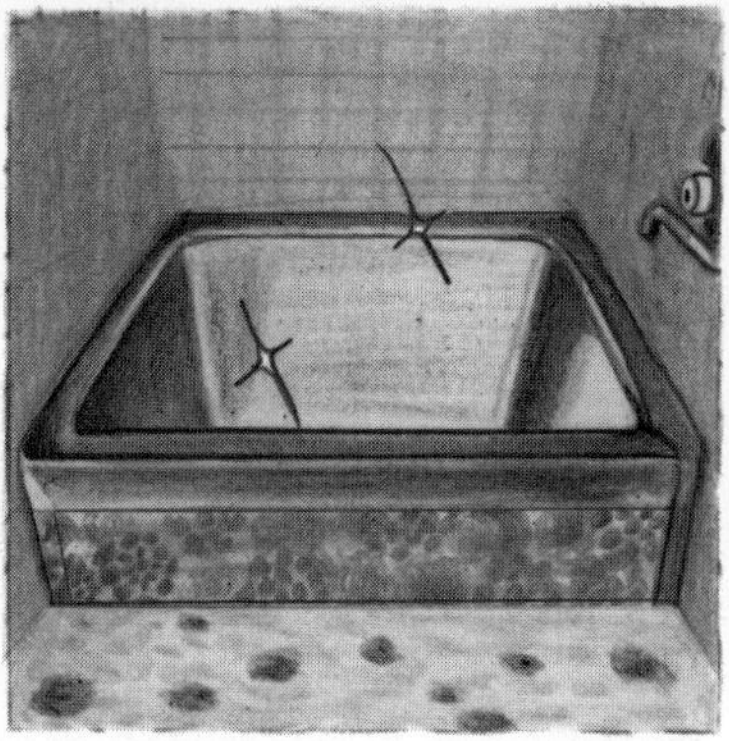

東京から連れて来た友達ならまだしも、地元の友人までもあの鏡地獄に堕されたことが何度かある。その頃にはもう、風呂上りの友人に僕が「己れを見つめ直してきたか？」と、禅問答をするのが習わしとなっていた。

しかし、何度目かの帰省の際、ちょっと困ったことが起った。地元で、たまに連絡し、まだ喫茶店に行く程度の仲だった女のコが、「一度、そっち遊びに行ってええか？」と、言ったからだ。そりゃ嬉しかったけど、時は夏、真っ盛り。彼女は事もあろうに浴衣姿で現われた。

「ようこんな遠い所まで来てくれはったなぁ。汗かいたやろ？　ちょっとお風呂入っていかはったらええやん」が、出た。僕は必死で止めたけど、「お母さんが言うてくれはるんやし」と、彼女は快諾した。

〝オカン、まだ手も繋いだことないんやて……〟

戸惑う気持ちと同時に鏡地獄での様子が妄想を伴い頭の中いっぱいに広がった。

「おおきに、いいお湯でした」、当然、彼女に禅問答は無用であった。

ピィーンときましたよ！

人生の3分の2はいやらしいことを考えてきた。

ボクの名前は、おちんちんたんてい。おちんちんに関する厄介事は何だって引き受ける。

口癖は「ピィーンときましたよ！」。

ボクのおちんちんがピィーンとくれば勃《た》ちどころに解決だ。

さぁ、今回の事件を聞こうじゃないか。何、何？　フムフム……複雑な事情がありそうじゃないか。ゆっくり話してくれたまえ。

「私はとある広告代理店に勤めているのですが、先日、上司と初めて地方への出張がありまして」うん。なるほど。お泊りだね。

〝ピィーンときましたよ！〟

君はフーゾクに連れて行かれ、勃たずに恥をかきましたね？

「いや、そんなことじゃないんです。その出張先のホテルでバッタリ、上司の奥さんと出くわしたんです」ちょっとちょっと、上司は奥さん同伴で出張してたってこと？　おかしな話じゃないか。

「いやいや、東京を出る時は上司と二人っきりです。奥さんを連れて来るなんて知らされてませんから」ふむふむ。

「日頃から嫁がコワイと聞かされてたもので、てっきり私は出張先にまで押し掛けて来たんじゃないかと」それは浮気を察知しての強硬手段だと？

「はい。だから一瞬、体が固まり、挨拶もロクに出来なくて」それで？

「奥さんにお会いするのは初めてだったんですが、何か様子がおかしくて」と、いうと？

「前日、取引先の接待があったんですが、オレは明日、早くから仕事があるのでこのままトンボ返りする。だから、お前だけ出席しろと言うんです」急に言ったんだね？

「そうなんです。だから仕方なく私だけ出て、その日はホテルに泊ったんですが、翌朝、同じフロアであろうことか夫婦に会いました」君は何故、その人が奥さんと分ったの？

「それは、上司が〝コレ、カミさん〟と言ったからです」噂に聞くコワ嫁の感じはあったの？

「いや、奥さんはとても恥ずかしがり屋らしく、上司の背中に始終、密着されていて顔を見ることすら出来ませんでした」密着って、どれくらい？

「もう、背中に顔を埋める勢いで。そのままロビー階にエレベーターで降りたんですけど」

〝ピィーンときましたよ！〟

それは奥さんじゃありませんね。出張という名目の愛人旅行に君はうまく利用されたんだよ。兎《と》角《かく》、地方での性交は燃えると言うからねぇー。

「マジですか⁉　そうとは知らず、こっちはまだ挨拶が出来てないことが気がかりで、上司がフロントで精算に向った時がチャンスだと思い奥さんに歩み寄ったんです」それは無粋なことをしましたね。それから？

「いや、すると突然、走り出してでっかい柱の後ろに隠れたんです。だから、こっちは足音を立てずにゆっくり回り込みましてね、声を掛けたんですが、何と奥さん、今度は顔をべったり柱に押し付けて黙ってるんです」それほどまでして顔を見られたくないのにはもう一つ、理由がありそうだね？

〝ピィーンときましたよ！〟

君は覚えてないかも知れないがね、その女、社内のＯＬかもよ。

「えっ⁉」

おちんちんたんてい。今日も推理が冴え渡る。

ざんねんなヒトたち

人生の3分の2はいやらしいことを考えてきた。
そもそも〝ざんねんないきもの〟とは、人間のことである。

『ウサンク』

金回りのいい場所を見つけることに長けたヒト科・金欲種のざんねんないきもの。口がやたら達者で「信用して下さい」が口癖である。かつては胡散臭い風貌や風采をしていたのでその名が付いたが、現在では世間一般が想像するものとは違う場合がある。スカンクのように臭いを発すると思いきや、それは無色無臭。嗅ぎ取るには日頃からの警戒心が必要となる。昨今、詐欺の手口も多種多様なので、ウサンクが直接、姿を現わさないことも。オレオレ詐欺などは顕著な例で、その声色だけでウサンクを見破るのはとても困難とされる。

『エッチーター』

女性を口説くことに長けたヒト科・性欲種のざんねんないきもの。事例によるとエッチーターはその家族構成に姉や妹を持つケースが多く、幼い頃から既に女の生態を把握していたのではないかと囁かれている。相談に乗ってあげる体《てい》を装い近づいて来て、結果、ちゃっかり女体に乗っているというヤリ口は巧妙である。
しばらく被害者に獲物となった自覚がないのは、エッチーターが女性の喜ばせ方を熟知しているからだ。しかし、その名の通り、足もチーターの如く速い。要するにヤリ逃げというやつで、チーターには〝勃ち〟の逆さ読みという説もある。

『ねたみ・そねみ・うらみ』

その名から三姉妹と思われがちだが、三兄弟の場合もあるヒト科・マイナス思考種のざんねんないきもの。特徴は絶えず他人を羨ましく思うことで起る妬み、嫉み、恨みの連動。最近ではこれに加え、ネット上で〝ディスる〟などという行動に出る者もいる。
かつて、その羨ましさについて尋問したところ「幸せそうな奴らが気に入らない」と、返したというが、〝幸せ〟とは、あくまで人間が作り出した幻想であり、他者との比較でしか感じ得ないというざんねんな言葉である。

『ドクサイ』

これはヒト科・優越種のざんねんないきもの。昨今、「〇〇ファースト！」などというセリフをよく耳にするが、全てに於いて一位の座を得たいというＵＳＡならぬ、ユー・エツ・エーである。
かつて、日本の男性アイドルグループが「ナンバーワンにならなくていい」と、あれほど訴えたにも拘わらず、ドクサイは上昇の一途。ちなみにサイの脳は哺乳類の中では比較的小さいとされる。

『フェラ鴨』

ヒト科・スリ種のざんねんないきものである。絶滅したと言われて久しいが、未だ昭和臭残る盛り場などではたまに出没が報告されている。

証言「ぷらっと立ち寄ったバーで見知らぬ女に声を掛けられ〝シャブあげようか？〟と聞かれたもんで驚いたんですが――」

それが〝シャブってあげようか？〟の聞き間違えだと分り証言者は、これ幸いと二人でトイレにしけ込み、事を済ませたという。女は先に店を出ていなくなり、自分も帰ろうかとレジに立った時、財布をスられていたことに気付いたというが、この場合、カモとなった証言者もざんねんないきものと呼ぶべきであろう。

エロエロ入試問題

人生の3分の2はいやらしいことを考えてきた。

『2019年、人生エロエロ大学入試問題』

【次の例文の中に羅列された能動態（①〜㊷）の適した箇所に、以下の受動態を選択して、主人公に成り代りその反省点を端的に述べよ】

【受動態一覧】

（疑われる）（叱られる）（泣かれる）（責任を問われる）（呆れられる）

太郎君は高校時代、これといった女性にモテる要素はありませんでした。

① 一人でする

② 毎晩する

それでも通学電車で毎朝見掛ける女学生に、

③ 恋をする

④ 妄想する

結局、片想いで終り、

⑤　一人でする
大学進学で上京した太郎君は、これを機に従来のキャラを変え、
⑥　オシャレにする
⑦　ナンパする
⑧　初セックスをする
⑨　以降、三、四人とする
その中の一人とつき合い始めた太郎君は、
⑩　ゴムを着けずにする
⑪　昼夜問わずする
妊娠を知らされた太郎君は渋々、彼女の親元に赴き、
⑫　卒業後、結婚を約束する
⑬　就職する
⑭　子育てを放棄する
⑮　月イチでする
⑯　義理でする
そんな時、太郎君は会社の上司に連れられて行ったお店のホステスと懇《ねん》ろ《ご》になり、
⑰　浮気する

⑱ 週イチでする
⑲ 3日に一度はする
⑳ SMも体験する
㉑ 初めて朝帰りする
ホテル代も嵩んできて、太郎君はマイホームのための貯金に手を出しました。
㉒ 二児誕生で都心を離れ、田舎暮しする
㉓ やり直しする
㉔ 子育てする
㉕ 家庭をメインにする
ある日、太郎君のもとに一枚のハガキが届きます。
㉖ 大学時代の同窓会に出席する
㉗ クラスメイトだった女子（現・熟女）に「実は――」と、告白する
㉘ 酔った勢いでする
㉙ タバコを再開する
㉚ 月イチペースでする
㉛ W不倫旅行をする
㉜ 言い訳をする

㉝　妻と口論する
「もう、今夜限りにしよう」と申し出た太郎君でしたが、
㉞　延期する
そうこうしてる内に先方の夫が興信所を付け、
㉟　発覚する
㊱　話し合いをする
一先《ひとま》ずは別居という形を取り、安アパートに引っ越した太郎君ですが、家のローン返済もあったので首が回らず、
㊲　自炊する
㊳　スーパーの安売り日を当てにする
結局、一人分の飯を作るのは逆に高くつくことに気付いた太郎君は、
㊴　駅前の王将にする
その近辺にAV鑑賞ルームがあることを知り、贅沢は出来ないので1時間コースを選んだ太郎君ですが、時間内に観切れない本数を借りてしまい、
㊵　焦ってしようとする
が、何故か思うように勃たなくて、
㊶　無理矢理、射精する

その時、量の少なさ、薄さに驚いた太郎君は初めて己れの老化を知り、

㊷家に戻ろうとする

しかし、そんな都合のいいことは決して許されませんでした。

キャラ勃ち志願

人生の3分の2はいやらしいことを考えてきた。

数多くのポルノ映画を監督され、アポロキャップ&ティアドロップ型サングラス&チョビ髭でそのキャラを確立されたのは山本晋也カントク。深夜テレビに出演しては、フーゾク・ルポでも大活躍。「ほとんどビョーキ」という流行語まで生み出された。

ポルノ映画の次にやってきたのがAV。そこではまた、キャラの濃い監督登場。ドラマ化された『全裸監督』のモデルとなった村西とおるさんである。

白ブリーフ一丁（靴下も加わることがあった）姿でカメラを担ぎ、自らAV男優も兼ね、「ナイスですねぇー」「ファンタスティック！」など、夜の流行語を連発されていた。

そんな'80年代半ばの頃であった。親戚の通称〝あっちゃん〟から電話があって、「部下にじゅんちゃんのこと話したら、大ファンや言いよるねん。悪いけど俺が飲み会セッティングするし一度、会うてやってくれへんか」と、依頼を受けた。

あっちゃんとは同い歳で幼い頃からの仲良し。このところ随分会ってなかったので僕は快諾した。

以前、あっちゃんにどんな会社に勤めてんの？　と聞いたことがあったが、「じゅんちゃんは興味ない堅い会社や」と、笑いながら言ってた。当然、その部下とやらも堅い感じの奴に違いない。

後日、指定された居酒屋に行くと既にスーツ姿の二人が座敷席で待っていた。部下の栗田君（仮名）は予想通りで、どうしてこんな男が僕のファンなんだろうと思った。当初、あっちゃんとなつかしい親戚話に花が咲き、栗田君はただ聞いてるだけの存在だったが、座も和みようやく口を開いた時には少し酒でロレツが回ってなかった。

「私もみうらぁーさんのようにぃキャラが立ったぁー人間に成りたいっス」

要するに僕を出汁に自分の理想を言っているのだが、すぐさま上司であるあっちゃんに、「お前、サラリーマンやぞ、キャラなんか立てんでええ」と、ツッ込まれてた。

そんな時、通路に立ち止った男から「みうらさん！」と、声を掛けられ顔を上げると知り合いの編集者二人だった。先方も酔っていて「合流しません？」と、言われたので、それも面白いかと座敷に呼んだ。

軽い自己紹介があって、栗田君はその時二人がエロ本の編集者だということを知った。そのエロ本は素人投稿写真が売りのディープなやつで、志願して編集部を訪れたマニア女性とハメ撮りなんてコーナーもあった。

「いやぁ、オレらはもう現場にマヒしちゃって、なかなか勃たなくて」

そんな話題を親戚を交えて聞くなんて思いもしなかったが、場は大層盛り上った。

でも結局、僕はあっちゃんとまた、なつかし話を始めたもので、栗田君だけがそのエロ話に参加してた。

それから数ヶ月。仕事場のポストに贈呈本があって、封を開けるとメモ書きがページに挟まってた。

〝有望新人、栗田君の活躍ぶりを御覧下さい〟

一瞬、わけが分らずそのページの隅々まで見たが、どうやら髪をピンクに染め（しかもモヒカンで）、サングラスをかけた全裸男が栗田君のようで、編集部を訪れた女性と絡んでる写真が載ってた。

あの飲み会でヘッドハンティングが行われていたなんて知らなかった。

でも、ある意味、また堅い仕事に就いたことだけは間違いなかった。

グッとくるライダー

人生の3分の2はいやらしいことを考えてきた。

〝仮面ライダー、本郷猛は改造人間である。彼を改造したショッカーは世界制覇を企む悪の秘密結社である。仮面ライダーは人間の自由のためにショッカーと戦うのだ〟

これは車寅次郎が得意とした前口上の類いである。息を継ぐことなく一気に言い放つとクラスメイトのHは、僕を追い越して足早に校門を駆け抜けた。また、今朝も遅刻である。

怪獣ブームから巨大ヒーローブーム。それから妖怪ブームを挟み、仮面ライダーが火付け役となった等身大ヒーローブームへ。この流れが僕の食らった特撮モノの概要だが、モロ思春期の煽りを受けた高校生時代はそんな熱心に仮面ライダーを見た記憶はない。いや、ないと思い込んでいた。

例のデアゴスティーニから昭和・仮面ライダーのDVDが再発され、一応、押えておきたい気持ちで集め始めたのだが、ライダー2号（一文字隼人）までは鮮明に覚えてた。

そして、昨今の老いるショックに拘らずあの前口上も未だ、スラスラ言える自分に驚いた。未見の方のためにここで少し、説明を補足し、分り易く伝えたいと思う。

〝仮面ライダー、本郷猛（または一文字隼人）は、世界制覇を企む悪の組織、ショッカーに改造はされたが、その手術中に逃げ出したため、ほぼほぼ人間の心を残してた。その後、何食わぬ顔で日常生活に戻り、行きつけのバイカーが集る店でコーヒーなど飲んでいたのだが、頻繁に耳にする怪事件をショッカーの仕業と断定。自らのバイク（サイクロン号）で現場に急行。その道中で待ち伏せている怪人、ショッカー隊員（十人程度）としばし戦闘。高く飛び上っては腰に巻いたベルトに風を送り込み変身。仮面ライダーとなって小高い丘、または砂利処理場のようなあまり人に迷惑がかからない場所で、得意技であるライダーキックをくり出すのだ〟

大体、分ったでしょ？

でも、当時の僕にとって重要だったのは戦闘シーンではなく、前口上の冒頭、ショッカー基地内の薄暗い手術室。何故か手術台は円形で、そこに付いている革製ぽい黒い手枷、足枷によって改造前の人間が四肢を固定され、もがき苦しんでいるシーンだ。たぶん全裸の設定であろうが、胸の下辺りからはシーツで覆われていて、逆にそのシルエットが男性とも女性ともつかぬ故、思春期真っ只中の僕を強烈に刺激してきた。

〝うっ……うっ……うっ……〟

悶絶顔は藤岡弘演じる本郷猛より、2号・佐々木剛の方がまだ、女性的であり、いやら

しかった。白い目出し頭巾を被ったショッカーの手下となった医師たちが、緑と赤の淫靡な光を受けながら、手術を開始する。

「純、どうや？　学校の方は。楽しくやっとるか」

　当時、放送時間帯が夕飯時であったため、父親はそんな回想シーンになると気まずくて話題を変えた。

　円形ベッドに手枷、足枷。しばらくして、クラスメイトのHから回ってきたSM雑誌でその出元を知った。

〝なるほど、グッときたのも仕方ない〟

　こちらも未見の方は、「SMベッドに磔」でググッて頂くとすぐに出ますよ。

　そんな後ろメタファーがあって、僕は仮面ライダー、2号までの記憶を無いことにしていたのだった。

どんの目撃

人生の3分の2はいやらしいことを考えてきた。

これは私が小さいときに村の茂吉というおじいさんから聞いたお話です。村のはずれの山の中に「どんぎつね」というきつねが住んでいて、夜になると村へ出ていってはいたずらばかりしました。

ある月のきれいな夏の夜のことでした。ふと、少し開いた障子の中を覗くと、蚊帳が吊ってあって、その部屋の隅で弥助の家内が寝化粧をしています。「ふふん、さてはするんだな」と、どんは思いました。しかし、蚊帳の中、寝床にどかんと座っているのは弥助ではありません。

やたらがたいのいい男で、白褌《しろふんどし》一丁。「早ようせんかい」と、急かしている声の主はここから十軒ほどいった大きな門構えがある庄屋の十兵衛でした。

「ははん、これは不倫だな」と、どんは思いました。

その時、灯りが落されました。どんはしばらく目が闇に慣れてくるのを待ちました。するとどうでしょう。蚊帳の外にもう一人、男がいて正座をしているではありませんか。よく見ると、それは何と弥助だったのです。

寝床ではもう既に十兵衛による前戯が始まっていました。弥助の家内ははだけた襦袢《じゅばん》からこぼれる白くて豊満な肉体をまさぐられ、「ううん、ううん」と、声を漏らしています。

普通なら修羅場と化すはずなのに、当の弥助は身じろぎもせず、そこに座っているのです。

「さてさて、これはどうしたことか？」、どんは不思議に思いました。

次に十兵衛はすっくと立ち上り、褌をはずしました。野獣十兵衛と村で噂されるだけの男です。弥助の家内に覆い被さると激しく腰を振りました。

流石の弥助もこれには黙っていられないとみえ、「おたけ！　おたけ！」と、家内の名前を呼びました。そして、蚊帳の中に手を伸ばし、十兵衛の背中に回ったおたけの右手を奪うと、強く握り締めました。

たぶん、借金のかたに女房を差し出せとでも言われたのでしょう。切ない喘《あえ》ぎ声が、静かな村に響いています。どんは、「これでは弥助があまりにかわいそうだ」と、思いました。

することを済ませた十兵衛は、悪びれることもなく褌を締め直すと、二人を残して姿を消しました。そして、半纏《はんてん》を羽織って弥助の家から出てきたもので、どんは何かいたずらをしてやろうと先回りしました。

「またあの、きつねの仕業だな。今度見つけたらただではおかねえからな！」

どんが庄屋の門前にした糞をまんまと踏んだのです。雪駄の裏を地面にこすりつけながら十兵衛は家の中に入っていきました。

「さぞかし今頃、あの夫婦は揉めていることだろう」

どんは心配になって、もと来た道を急ぎました。しかし、再び灯りのともった部屋からは二人の楽しげな会話が洩れ聞えてきます。

「おたけ、わしのより良かったんじゃろう？」

「いやだわ、最初っから十兵衛など好みじゃないもの。あんたが寝取られを望むからしたまでのこと」

「いやいや、そうは見えなんだぞ、あはは」

そして、二人は仲良く寝床で身体を重ねました。

どんは呆然とその光景を見つめていましたが、

「いやはや、人間という生き物はよく分らん」

と、山の中に帰っていきました。

ゾンビとダンボ

人生の3分の2はいやらしいことを考えてきた。

そして、人生の3分の2は何度も同じ話をくり返してきた。これ、すなわち、キープオン・ロケンロールの進歩形、ループオン・ロケンロール！　也。

とうとうこの間、同じ日に、同じ場所で、同じ話を二度もして、「それ、ついさっき聞いたばかり、大丈夫？」と、まわりから心配までされた。酒の席ということもあったが、さも新ネタのように披露してた自分に老いるショックの翳りあり。もはやこの先は、古典落語だからと言って、開き直るしか無いようである。

「それ、随分前に一度聞いたことある話だけど」と、彼女は言って怪訝そうな顔をした。

まだ、街に二番館と呼ばれる既にロードショーを終えた作品を何本かまとめて流す映画館がたくさんあった時代のお話。

夏休みシーズンになるとファミリー層を狙い、二番館の中には大人から子供まで楽しめる映画の二本立てを企画するところもあった。僕が当時、唯一頼りにしてた情報誌『ぴあ』で見つけ驚いた、その二番館の上映スケジュール欄には、『ゾンビ／ダンボ』と、書かれてあった。

さてさて、これはどうした併映なのか？　大人から子供までを、〝大人／子供〟と曲解したのであろうか？　一方はホラー映画。もう一方はディズニーのアニメ映画である。考えうる共通点といえばカタカナで三文字というところだけ。でも、〝ゾンビダンボゾンビダンボ……〟と、呪文のように唱えていくと、その軽快なリズム感に酔いしれた。二番館の館長も当然、確信犯でファミリーを困らせたいとその併映に踏み切ったのであろう。

映画館のある駅には初めて降りたので街のことは何も分らず、取り敢えず持参した『ぴあ』に載っている小さな地図を頼りに捜した。

何せ、今と違い情報の薄い時代。館内は意外なことにファミリー層もちらほら見受けられた。しばらくして気付いたのはその時間帯。これから上映するのが『ダンボ』で、それだけ観て帰ろうとしているに違いない。

館内は暗くなったが子供たちの騒ぐ声は続いてた。

その時、先ず、次回上映の予告編が流れるなんて誰も思ってはいなかった。

〝アハーッアハーッ！　ウォーッウォーッ!!〟

と、雄叫びが大音量で響き渡り、スクリーンいっぱいに洋モノ、ハードポルノが写し出されたのだ。流石のガキもこれには対処し切れないとみえ固唾《かたず》を飲んだ。

〝COMING SOON!〟、そしてもう一本の予告編もハードポルノ。『ダンボ』を待

たずして席を立つファミリーもあった。

その二番館が通常、ポルノ上映館だったことを知らなかった故の惨劇だった。

オチまで喋って「それ二度目」と言われるのも辛いが、彼女はそんなことより〝あなたがそんな現場に一人で行くわけがない〟と、以前から睨んでいたらしい。

そこはどうでもいいじゃないかと思ったが、彼女は「絶対、女と行ったんでしょ！」と言って、不機嫌な顔をした。

面倒なことになってきた。これは、話に夢中で日頃、嫉妬深かった彼女を忘れてた故の惨劇。

この話にはもう一つのオチがあって、これが元でその彼女とはケンカ別れしたのだった。

ジャスト、すなわち愛

人生の3分の2はいやらしいことを考えてきた。

息子は近頃、そのことで頭がいっぱいの様子だった。思春期というやつだ。仕方がない。かつて私にもあった。そんな日が本当に来るんだろうか？　一生、何もなくただ錆《さ》びついてしまうのではと不安に思ったものだ。「ここは男同士、いいアドバイスをしてやって」と、妻に押し付けられたのだが、逆にこういう問題は父親として不得意の部類である。

ずっと忙しさにかこつけ回避してきたが、このままでは無責任と見做《みな》されてしまう。私はその日、意を決して息子の部屋に突入した。

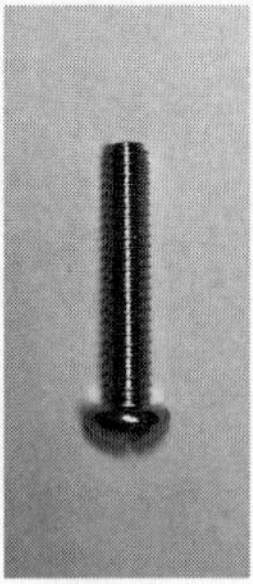

「ノックぐらいせーや!!」

慌てふためく息子の姿にしばし言葉を無くしたが、ここは努めて冷静に話を始めることにした。

「雄《お》ネジにはいろんなタイプがあるな。それはどうしてか分るか？」

息子は答えなかった。

「それはな、必要に応じた雌《め》ネジが必ずあるからなんだ。必ずな」

そこを強調したのは、だから焦ることはないと伝えたかったからだが、息子はさらに声を荒立てて、「嘘つけ！　サイズだろ。太くて長いものが好まれるに決ってんだ！」と、誰から聞いたのか、そんな噂に過ぎない話を引き合いに出した。

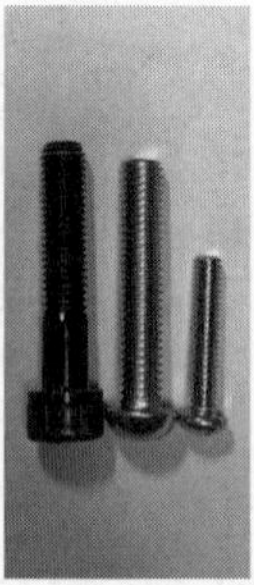

「そうじゃない。お前にはまだ分らないと思うがな、モノには何だって相性ってものがあるんだよ。決してサイズの問題じゃない。相性が合うってことが、すなわち愛なんだ」

私は何だかいいことを言った気がしてスッキリしたが、息子はちっとも納得していなかった。

「うっせー!!　何が愛だよ。証拠がねぇーじゃねぇか」

逆に、火に油を注いでしまったようだ。

「いや、大きけりゃいいってもんじゃないって話だよ。分るか？」

「分かんねぇーよ！」

「大き過ぎてハマらないってこともあるんだよ」

「じゃ、〝大は小を兼ねる〟っていうのはどう説明すんだよ！　え？」

あらぬ方向に話が進んでしまい、らちが明かなくなってきた。ここはもっと冷静にならねばと、

「お父さんもな――」

息子の手前、つい上から目線で話していたことに気付き、恥ずかしいが己れの身の上、いや身の下話に切り替えた。

「若い頃はちっともモテなかった。このままじゃ一生、何もせず錆びついてしまうんじゃないかと毎日が不安だった。でもな、そこにお母さんが現われたんだ」

息子はようやく聞く気になった。

「お前も既に、知っていたかと思うが、お父さんのモノはこれだ」

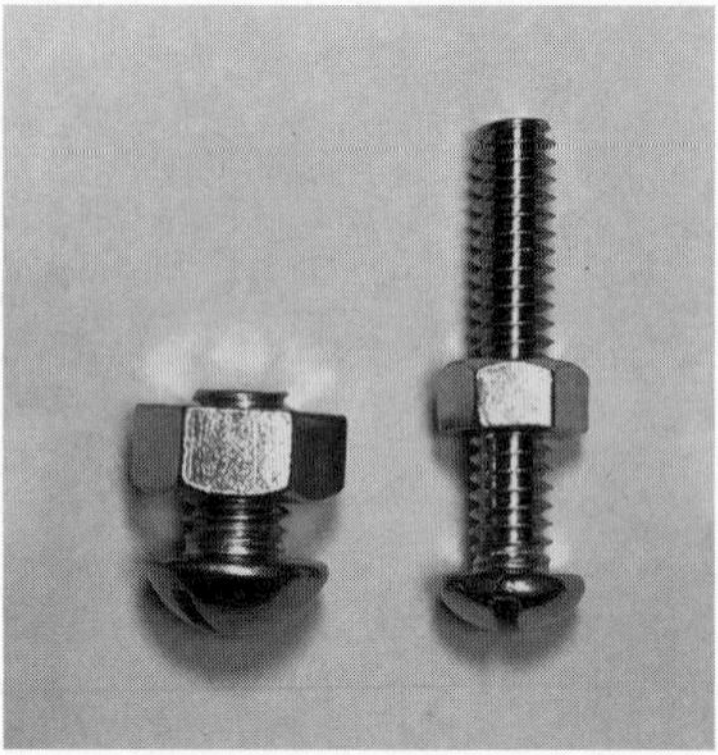

息子は黙ってそれを見つめた。

「でもな、お母さんはその時、言ってくれたんだよ。〝ジャスト・サイズ！〟ってな」

小は大を兼ねられない。しかし、ジャストこそがこの上ない存在なのだ。

「お前もいつか、そんな雌ネジと出会う日がくるだろう。その時まで己れを磨き続けることだな」

私はそう言い残し静かに息子の部屋を出た。

ぼくらはみんな生きている

人生の3分の2はいやらしいことを考えてきた。

手乗り文鳥の〝シロ〟は、食べ屑をエサだと見誤った僕が数日、エサを与えず餓死した。

コッカースパニエルの〝キャッシー〟は「まだ仔犬の内は外に連れ出さないよう」と、注意を受けていたにもかかわらず、つい自慢がしたくて僕が公園に連れ出し、ジステンパーに感染。数日後、目の前で泡を吹いて死んだ。

シマリスの〝チャッピー〟は、庭先でケージを洗っていたところ、脱走。一度、近所で猛烈に駆ける姿を目撃したが、以来、消息不明。

鞍馬山で捕まえたでっかい蝦《がま》ガエルの〝親分〟は、しばらく家にあった水瓶の中で飼っていたが、日増しに痩せ細り、心配になった僕が父親と雨の降る夜、少し外れの田んぼに逃がしに。いや、捨てに行ったんだ。

嵐山の川で釣り上げたナマズ（コレには愛称無し）は、どうして飼っていいやら分らず困っていたところ、「うちで預かろうか」と申し出た親戚の叔父さんから後に「鍋にして食った」という報告を聞き、愕然とした。

これ、全て、小学生時代の嫌な思い出。反省の意味もあって、自ら進んで生きものは飼わないと決めていたはずなのだが——

上京して魔が差したのか、いや、恋愛ノイローゼですっかりそんな〝生きもの係失格〟を忘れていた。つき合い始めて間もない彼女と都内の秋祭りに出掛けた際、「ねぇ、金魚飼わない?」「いいね」などと、夫婦気取りの会話を交し掬《すく》ってきた二匹の金魚。赤いのを〝ミーコ〟(彼女の愛称)、黒い出目金を〝ジュン〟と名付けた。恥ずかし気もなくである。

かわいい金魚鉢も買って、うちのアパートの机の上。優雅に泳ぐその姿を見つめては「ミーコはやっぱ、カワイイよな」とか、「ジュンの方だって」などと、もはや重症の域。そのまま万年床に雪崩れ込んでのメイクラブ。大層、床をきしませたものだ。

彼女が「お世話、頼んだよ」と言って、夜更けに帰った時、僕はこんな日が永遠に続くと信じてた。なのに翌日、起き抜けに金魚鉢を覗いたところ、早くも一匹が死体となって浮んでた。それもよりにもよってミーコの方が。だから言わんこっちゃない。生きものを飼うなんて向いてはいない。ようやくあの時の戒めを思い出したが後の祭。うん? 後の祭……

焦りながらも閃いた。

まだ今日もあの祭はやっているだろうってこと。早速、一人で行ってみた。

「ねぇ、元気にしてる?」

彼女は部屋に入るなりそう聞いて、金魚鉢に顔を近づけた。僕は狭い台所に立って、背中越しに様子を窺った。

「ねぇ、何かミーコ、感じが違う」「そう?」

「もう少し、小さかった気がするけど」「よく食べるからね」

笑って誤魔化したけど、それ以上疑われても困る。取るものも取りあえず彼女を抱き締め、そしてキス。「まだ早いわよ、ヤダ!」

後ろメタファーもあってか、コンドームの中に放出したザーメンはいつもより重い気がした。ジュン、続いて替え玉ミーコが浮んだのはその数日後。

「ちゃんとエサやってた?」、問い詰められてムシャクシャした。

そして、毎度の行為に及んだ時、飼ってるつもりはないがこの精子だって生きものなんだと改めて思った。

本音と建前

人生の3分の2はいやらしいことを考えてきた。

往年の漫才コンビ『トーク本音・建前』は仲が悪い。楽屋も別々で、舞台でしか顔を合わさない。ネタは建前が書いたが、不仲になってから久しく新作は披露されていない。

今や、漫才界も第七世代と呼ばれる若手見たさに集まる客ばかりで、そんな時代遅れな師匠格の受け皿はないが、そこは劇場側もかつての恩誼《おんぎ》もあり昼夜、二回まわしの客入れ替え前、一応、〝取り〟という形で出演を願っているのである。

「本音師匠、出番です！」マネージャーが両人の楽屋へ声掛けに回る。

「タクシーの手配は？」「はい、してあります」

舞台を降りればすぐに愛人宅に向う建前師匠。どうやら最近、もう一つ別宅が出来たらしい。それは毎月、渡されるタクシーの領収書の額で何となく推測がついた。

まばらな拍手——

建前「どうもどうもォー」

本音「ところで君、聞くところによると増々、夜の方もお盛んらしいね」

建前「何を藪から棒に言うとんねんな。あきまへん、歳を取るとさっぱりですわ」
本音「地方からももう一人愛人が出て来たいうやないかい」
建前「人聞き悪いこと言わんといてや。お客さん、嘘でっせそれ」
本音「この際やから君の本音が聞きたいんやけど実際、困ってるんと違う？」
建前「……」
さてはマネージャーがチクリやがったな。建前は怒りに震え、いつものボケがかませないでいた。それもそのはず。これはネタ合せもしてない何十年ぶりの新作、いやフリートークだったからだ。
本音「調子乗って〝出て来たらええやん〟って誘そたけど、責任なんて取るつもりあらへんのやろ？」
建前「放っとけアホ！」
客席はドン引きである。
本音「放っとけへんのやて。お前は昔から本音と建前は別もんと考えとるみたいやけどな、それは違うで」
建前「そんなこと分っとるわ！　わしらもう何十年、漫才やっとる思もてんねん」
本音「建前だけじゃアカン。本音ばかりでも他人に優しないわな。そこや問題なんは。ここはもういっぺん、建前と本音が仲良うなってええバランスを保たなアカンのと違

本音 建前 トーク

うか？」

建前「お前、さっきから何の話しとんねん？」

客も何だか寺で法話を聞かされてる気分になっていた。

本音「建前があってこその本音。漫才で言うとこのボケとツッコミや」

ようやく空気を察して建前が突然、カン高く、

「聞きとーない聞きとーないそんな本音は聞きとーない！」と、叫んだギャグは、かつて劇場を大爆笑の渦に巻き込んだもの。しかし、静まり返った客席からは「コワイ……」という声が漏れる始末。

本音「お前とはもう、やっとられんわ！　ありがとうございましたぁー」

まばらな拍手。早々に、各々の楽屋に向う二人。

「お疲れ様でした！」

建前はマネージャーを睨み付けただけで何も言わず楽屋口に待たせてあったタクシーに乗り込んだ。そして〝本音の言う通りやな……〟と、独り言を呟いて大きなため息をついた。

いれない彼女

人生の3分の2はいやらしいことを考えてきた。

いい調子で友人と酒を飲んだ帰り道。気が付くと彼女の家の方に足が向いていた。しばらく歩いたところで「じゃ、ここで、また」と言うと、友人も「じゃ、ここでまた」と、くり返す。

「いやいや、じゃ、また」

てっきり途中で別れるものとばかり思っていたが、何という丁寧な奴なんだろう。わざわざ家の近くまで見送ってくれるなんて。

「いやいや、ここでまた」

路地を曲ると店前がウェスタン調な作りのステーキ屋。そのすぐ前が彼女の住むマンションである。何だか変な押し問答となって、ほぼ同時にマンションのステンレス製の扉に手を掛けた瞬間、

「だから、ここで、また」

今度は頭まで下げて言ったのはお互い、その冗談がちょっと怖かったから。その友人と

飲んだのは初めてで意気投合していろんな話はしたけど、妙な性格までは読み取れなかった。「いやいや、もういいよ」エレベーターまで乗り込んできたので声を強めたが「だから、ここが俺の家だって！」と、友人は言った。

〝えっ⁉〟

もしや、知らずに同じマンションに住んでたとか？　しかも、聞くと同じ3階で友人は二つ隣の部屋だった。「こんなことがあるんだねぇー。奇跡だよ！」「今度、うちに遊びに来てよ」そう言い合っては二人、盛り上った。「じゃ、今度は本当にまた！」

僕は友人が二つ隣の部屋に消えていくのを確めてから、インターフォンのブザーを押した。が、しかし全く返答がない。こんな深夜に出掛けているのだろうか？

こんなことなら前もって電話を入れておけば良かったと後悔したが、ここ数日、彼女とはケンカしてロクに口も利いていない。このまま別れ話にでも発展したら大変だと、今夜は謝る目的もあって来たことをすっかり忘れていた。もう一度、ブザーを押す。すると、〝ガチャ〟と音がして少しドアが開いた。その透き間からマックス機嫌悪い彼女の顔が覗いたもので、僕は一瞬にして酔いが醒めた。

「で、何か用？　ここはあなたの家じゃないからね」と、睨《ね》めつけるような目で言う。先ほど廊下で友人と盛り上ってた声を聞いていたのかも知れない。僕は「その通ぉーり！」と返したが、その口調がタケモトピアノのCMにそっくりで、「ふざけんな！」と、さらに彼女を怒らせた。その瞬間、ドアを閉めようとしたので僕は昔、悪徳な新聞勧誘員が使った手口〝片方の足を素早くドアの透き間に差し込んで阻止する〟戦法に出たが、彼女は容赦なく力を込めた。

「痛いっ！　痛いって!!　ねぇー、悪かった本当、謝まるから許してよォー！　ねぇ、もう一度、やり直そうよ！」僕の断末魔が廊下に響き渡る。

ようやく彼女は力を緩め、ドアの透き間から最後の一言を発した。

「もう終ったことだから」

男には至らぬ過去も都合良く美化する女々しいところがあるが、女は持ち前の男らしさで、そんなつまらないことは綺麗さっぱり忘れられるらしい。

「じゃ、また……」

もう、股の方も二度とないのに僕は未練たらたらに俺の家、いや彼女ん家を後にした——。後日、あの御近所の友人から彼女が引っ越ししたと聞かされ、またも僕は女々しくブルー。

ミウラ in ミイラ展

人生の3分の2はいやらしいことを考えてきた。

「展示の中には日本の即身仏もあるさかい、みうらさんは行った方がええで」と、テレビ『ぶらぶら美術・博物館』で有名な朋友・山田五郎氏が強度な関西弁で勧めてくれたので早速、上野の国立科学博物館で開催中の『ミイラ——「永遠の命」を求めて』展に行ったのだが、その前にデパ地下の北海道フェアに寄ったのがいけなかった。海外のミイラが利尻昆布のように見えてきた。

客層は御婦人が中心で、ミイラの入ったガラスケースに鼻を擦り付けんばかりに近づいて、「このコ、三つ編みしてるわ」「キレイに残るもんね」と、見たまんまの感想を述べてらっしゃる。

それは別に構わない。いや、むしろそんな見たまんまの感想が聞えてくることが、この重苦しくて諸行無常感漂う会場のせめてもの救いとなっているからだ。

ミイラの中にはピィーンと屹立《きつりつ》したペニスを残しているものもあって、僕はしばし足を止め〝こりゃ、いくら何でも無理だろ〟と考えた。たぶん、横で凝視してらっしゃる御婦人たちも同感だったのであろう。「ここはやっぱり、作りものだって」と、すぐさま壁にある解説を読んで納得してる。

男根崇拝、果ては再生の意味も込めてそうしたのだろう。隣のケースには作りもののペニスだけも展示されていて、それも御婦人たちの人気の的だった。

展覧会のポスターになっているオランダで発見された〝ウェーリンゲメン〟。そのポーズが僕にはマイケル・ジャクソンの映画『THIS IS IT』のポスターのように見えたし、これが強烈に利尻昆布を連想させた。

こんなに何十体も連続で見たのは初めてだったので僕の頭はミイラ飽和状態。立ちくらみまでしてきた。

そんな時、目の前に現われたのが即身仏。仏教の修行者が肉身のままで究極の悟りを開き、仏になることを意味する御姿である。

僕が小学生の頃、地元・京都のデパートで催された『出羽三山の秘宝展』。仏像展示もあると聞いたので出掛けたのだが、まさかミイラとは思ってもみなかった。

その時のトラウマが、後に山形県の湯殿山を皮切りに各地の即身仏を訪ね歩くほどのマイブームのきっかけとなったのである。

即身仏は元来、セルフミイラが基本だがやらされミイラもたくさんあると噂には聞くま、どちらにせよ、過酷な状況下で行われたことだけは確かである。

「この人、生きてる!!」

一際、御婦人たちから大きな歓声が上ったのは、山田さんも「展示でイチ押し！」と、言っていた〝本草学者のミイラ〟と題されたもの。

両手で数珠を握り締め、前のめりに正座されてるその姿はミイラとは思えぬ生々しさ。

思わず解説に目をやると、〝この人物は江戸時代の本草学者（現代の博物学・薬学）で、生前、自分の研究成果を確かめるため、自らの遺体を保存する方法を考案し、「後世に機会があれば掘り出してみよ」と言い伝えていた〟と、書かれてあるではないか。

これぞベスト・オブ・セルフミイラ！　御婦人たちも「成功して良かったね」と、生きた人に言うように賛辞を述べておられた。

ちなみに僕はその時、不謹慎ではあるがペンネームだけでも〝ミイラジュン〟に変えようかなと思った。

ジワるパーティ

人生の3分の2はいやらしいことを考えてきた。

SNSよりずっと前、僕がSNQを始めたのは、当時何かとお世話になっていた先輩からの勧めである。

「お前もやる？」と、先輩はニヤニヤしながらその突き出した乳頭のようなものを一つ、ケースから摘み上げて僕に手渡した。

「どう使うんですか？」

噂には聞いていたけど、何せ初体験。まごまごしていると、「台座の裏の紙を剝がせばシールになってる。それをな、体の痛いところに貼ればいいんだよ」と、教えてくれた。

その頃、まだ僕は20代半ばで、大して痛いところなどなかったが、「じゃ、肩にします」と、Tシャツの首の部分を横にズラし貼ってみた。すると先輩は、「動くんじゃないぞ」と言って近づいてきて、SNQの先っぽにライターで火を付けた。

「しばらくしたら、ジワーッとくるからな」

白い煙が僕の肩から立ち昇る。

「ジワーッとき出したろ？」

「はい。キテます！」

要するにSNQとは、僕が勝手に名付けたせんねん灸のことで、かつての〝熱い、火傷する、アトが残る〟などのお灸のデメリットを克服した商品であった。予め、着火して貼れば人の手を借りることもないという優れものだ。先輩のようなSNQ常習者たちは夜な夜な、浴衣姿で集ってパーティを催しているという。

「オレらもやんない？」

そんなパリピに憧れ、後日、僕は男友達二人に声を掛けた。

「やっぱ、ここは女子も誘わなきゃ」

浴衣姿ってとこにグッときた友人は、「やっぱ合コン乗りでやりたいよねぇー」と、すぐに不埒な考えが頭をもたげた。

「どっか泊りに行かない？　だって、旅館だと浴衣姿も自然だろ」

もう、話はSNQよりそっちの方に重点が置かれ各人、手当り次第、知り合いの女子に声を掛けてみることにした。しかし、そんな誘いにホイホイ乗ってくる女子がいるものかと心配だったが、「どうにか二人、捕えた」と友達から連絡があり大喜び。ところが「旅費も宿泊代もこっち持ちって条件でようやく」と聞き、愕然とした。

そんなことなら当初、目的地であった熱海をやめて、もっと近場にしようと提案したのだが、「もう彼女らには伝えてしまった」とのこと。仕方ない。だったら行かないなんて言われちゃSNQパーティは台無しになってしまう。

しかも、よくよく聞くと姉妹を誘ったらしい。

床が少し海側に傾いた男部屋に入浴後、浴衣姿に着替えた女子を招いた。僕は鞄から例の箱をニヤニヤしながら取り出して、「やる?」と、一応、聞いたけど、やって貰わなきゃ困るわけで。

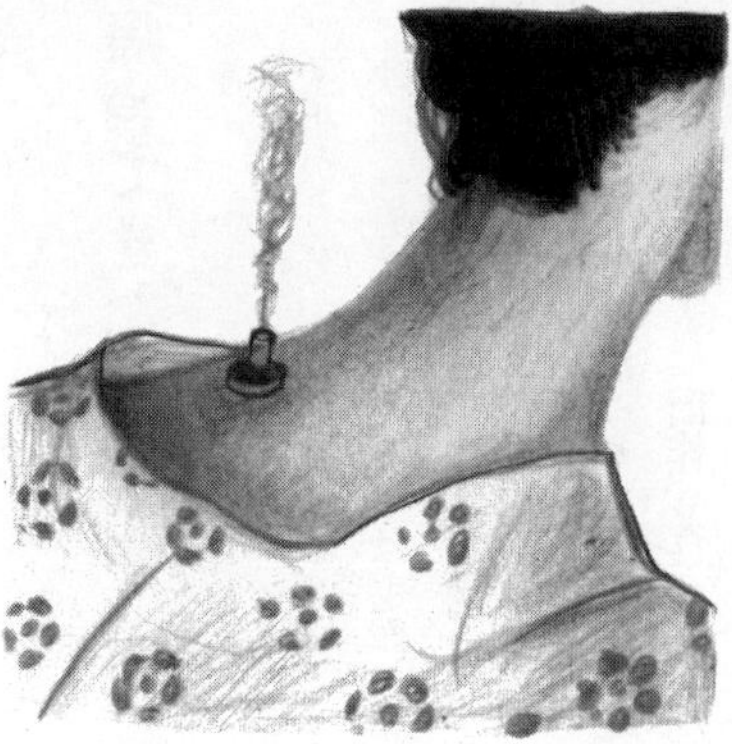

「肩のとこ、もっと開いて。置けないから」

「分ってる。自分で貼るから貸して」

こちとら、浴衣をはだけたところを間近で見たかったのによォー。

「じゃ妹さん、火をつけてあげるから」

「いい。自分でやるから」

何だよ、こいつらセルフ姉妹かよ。一向に盛り上がらないパーティ。お開きとなって男部屋は虚しくただ白い煙に包まれていた。

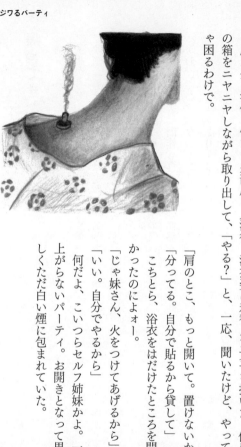

帰ってきた寅さん

人生の3分の2はいやらしいことを考えてきた。

映画『男はつらいよ』は1作目が公開されてから50年も経つらしい。僕がリアルタイムに劇場で観たのは10作目『男はつらいよ　寅次郎夢枕』。八千草薫さんがマドンナ役の回であった。

当時、恋愛経験ゼロだった中学生の僕は、恋愛下手でいつも振られっ放しの寅さんにいたく共感。以来、旧作も含め全ての作品を映画館で観てきたのだが、寅さん役の渥美清さんがお亡くなりになってシリーズも終了。それから随分、永い時が流れた。

しかし、今年（2019年）になって寅さんが帰ってくるらしいという噂を耳にした。

「I'll be back」とは、ターミネーターの決めゼリフであるが、それでも帰ってきた時にはロボットであれど相当、お年を召されていたというのにだ。

えっ!?　ひょっとして初音ミクのようなバーチャルキャラとして蘇るのだろうか？　それとも合成映像なのか？

そういや寅さん、テレビ時代は一度、ハブに噛まれて死んだことがある。

「とらや」(第40作から「くるま菓子舗」)のおいちゃんだって歴代三人も替わっているのに、あのファミリーは気付かないフリをしているのか誰もそのことに触れようとはしない。

何があってもおかしくないのが『男はつらいよ』の魅力でもあるから、新作の寅さんの夢は差し詰め、同時期に公開するスターウォーズといったところか。R2-D2からホログラムで妹のさくらを投映。「おにいちゃん、今、葛飾は帝国軍の支配下にあるの。ねぇ、助けて」から始まる大立ち回り。御前様もホログラムでオビ=ワンの役に違いない。

結局、映画を観るまでは何も分らない。しばらく新作について考えてたせいなのかこのところ、やたら夢を見るようになった。しかもシリーズで、かつて僕が恋をした歴代マドンナたちが日替りで登場してくるというもの。

「お帰り、純ちゃん」

「あぁ、お千代坊じゃねぇか。元気にしてたかい?」

僕の口調も当然、寅さんである。

「まだ、純ちゃんのこと思うことがあるのよ」

「よせやい! 藪から棒に」

照れ臭くてそう返すと彼女は「そんなとこも昔のままね、純ちゃん」と言って、微笑んだ。このマドンナは僕のエピソード1(初恋篇)に登場する小学校低学年から始まる片想

いの相手なのだが、夢の演出上、20歳くらいのヴィジュアルになっている。

「あの時、純ちゃんとなら一緒になってもいいと思ってたのよ、私」

「じょ……冗談言っちゃいけねぇよ、お千代坊」

「ありがとう純ちゃん。そしてさよなら」

突然の切り返しに、「おいおい、何だか人生も終りのようじゃないか」と、言った時にはもう彼女の姿はない。

それから上京篇や美大篇、フツーなら結婚篇で終るはずのマドンナであるが、その後もスピンオフ扱いで次々に登場してくる。僕はその都度、枕を涙で濡らした。

これって、ひょっとして老いるショックの一環。死ぬ前に見るだろう走馬灯の予告篇なのかもな。その証拠に都合悪いセックス好きだった過去は全カット。

「ああ、嘘はつらいよ……」寅さんの新作を観て、少しは僕の汚れちまった人生が浄化されることを切に願うばかりである。

1978年のスター・ウォーズ

人生の3分の2はいやらしいことを考えてきた。

僕が二浪の末、美大に入学した1978年。その夏（6月24日）に映画『スター・ウォーズ』（今で言うところの〝エピソード4〟）が日本で公開された。

それまでSF映画というと、夢見がちな男だけが好きなジャンルと見做され、特に精神面に於いて男子よりその成長過程が著しく進歩している女子の間では「子供だましでしょ」と、一笑に付されるものだった。

しかし、『スター・ウォーズ』の触れ込みはかつてのものとは大きく違っていた。

僕らにとってはアメリカのSF映画専門雑誌『スターログ』の日本版がその夏に発売されたことは大きかったが、まるで一般向け映画のように公開前から広告が打たれ、それに関連するグッズも玩具屋の店頭に並んでいたのである。

「今に一泡吹かせてやる」とは、クラスメイトの同朋、Tの発言。

監督のジョージ・ルーカスに成り代り、SF映画好き男子の復権を掛けた宣言とも取れた。

「でもなぁー」

アメリカでの初上映はその約1年前の5月25日。今と違いその頃はかなりのタイムラグがあった。それをいいことに日本では『スター・ウォーズ』に先駆けて『宇宙からのメッセージ』などという映画をちゃっかり製作していたのである。

「いくら何でも本場は里見八犬伝などをベースにはしてないだろう」

今となってはある意味、貴重な作品だが、『仁義なき戦い』メンバーがわんさと出る和風『スター・ウォーズ』に、その復権はひどく危ぶまれた。

もう、辛抱堪らず吉祥寺の玩具屋でライトセーバー（当時の名称は〝ライトサーベル〟）を二本購入。その足でTの下宿を訪れた。

「明日、これを使って学食でスター・ウォーズショーのプレイベントをやらないか？」

Tは即、快諾した。そして、押し入れから何故か中学生時代使っていたという柔道着と、黒いビニールのゴミ袋を何枚も出してきて、「コレも当然、いるだろ」と、言った。

僕はその柔道着を羽織り、ルーク・スカイウォーカー。Tは日本版『スターログ』を見ながら器用にゴミ袋を使ってダース・ベイダーのマスクとマントを作った。

それにしてもライトセーバーの持つところが重過ぎる。単1電池を三個も入れているせいだが、振り回した時、光る棒との接続部分が甘くてすぐにスッポ抜ける。新品だが仕方がない。ここはガムテープで補修することにした。

映画『宇宙からのメッセージ』で、とんでもないことになっていた

「昼休み、学食でちょっとしたハプニングやるんだけど、見に来ない？」

僕はその日、入学当初から思いを寄せていたクラスメイトの女子を誘った。

持参したラジカセでスター・ウォーズのテーマ曲を流しながら僕とTは賑わう学食に例のコスプレで分け入り、しばし戦ったのだが、見事に大スベリ。僕のボンノウ・ウォーズも彼女の発した「バカみたい」の一言で敢えなく終った。

あれから40年以上も時が流れ、今では、大メジャーシリーズとなった『スター・ウォーズ』。でも、〝終わりが始まる〟なんて終活みたいなキャッチコピーで新作『スカイウォーカーの夜明け』が公開されたもんで、映画館はシルバースターならぬ、シルバー客の姿が多く見受けられた。もはや、今の若者にとってスター・ウォーズは、里見八犬伝のようなものなのかもね。

嗚呼、懐かしのメロディ

人生の3分の2はいやらしいことを考えてきた。

小生、62歳を目前にとうとう昭和歌謡コンサートってやつに足を踏み入れてしまった。それまでも〝懐かしさ〟は大の好物だったが、今でもよく聞く'60〜'70年代のロックは別として、歌謡曲ってジャンルには少なからず抵抗があった。カラオケ嫌いが顕著な例で、こちとらロック！　そう易々と一般に転んでなるものかと意地を張り続けてきたわけだ。

それに昭和歌謡というと石原裕次郎や美空ひばりといった〝往年〟の歌手のイメージがあって、僕には全く関わりがないと思ってた。しかし、どうだ。

「双子のアイドル、ザ・リリーズも出ますよ」と、言われ少しグラついた。

どうやらそのコンサート、20名もの昭和歌謡アイドルが総出演するらしく、次々に繰り出される名前は僕の青春ド真ん中の歌手ばかりだった。

「フィンガー5のアキラでしょ、狩人の弟、あいざき進也、三善英史と、あべ静江でしょ、それに——」

紹介してくれたのはうちの事務所員の臼井さん。彼女がスラスラ言えるのは、昨年、既に見に行っていたからである。

「『ボヘミアン』の葛城ユキも出ますよ」

唯一、曲タイトル込みで言った。臼井さんは僕より随分、歳下だがその歌には思い入れがあったのかも知れない。

「チケット取って頂戴！」タガが外れるとはこのことである。すんなり出た。

それでも一人で行く勇気はなくて、臼井さんに介添えを頼んだ。

もはや僕も気付かないが会場は加齢臭で充満していたに違いない。開演前にはペンライトやインスタント味噌汁、モナカといった類いのものを売り回る係員。目を合せたら負けだと下を向いていたのだが、たまたま取って貰った席が広い通路の前で「審査員をお願いします」と、紙を渡されたではないか。

〝ビギナーなのにいきなりかよ……〟

隣席の臼井さんに聞くと、どうやら春組と秋組に分れての歌合戦方式。何のことはない、終る前にどちらかにマルを付けるだけと聞き、ホッと胸を撫で下ろす。客電が落ちると司会を兼ねたフォーリーブス（江木俊夫・おりも政夫）が登場。マグマ大使のマモル少年ギャグありーの、昨今の老いるショック報告も交え、観客の笑いを誘った。

それから次々に現われる昭和アイドル（中には客席まで降臨してくる方もいて）、会場はペンライトの光でそれを讃えているというまるで信仰の現場だ。

大トリは秋組、尾藤イサオ。その歌唱力と激しい動きに圧倒された。春組は黒沢年雄。年季の入ったダンディである。タンゴ調の『時には娼婦のように』のイントロが流れ、大喝采を浴びた。

この歌は僕が上京したての頃のヒット曲。〝時には娼婦のように淫らな女になりな〟、その命令口調は同作詞家の『恋の奴隷』と真逆の立場。主人公はSMで言うところの〝御主人様〟なのだ。性的歌詞故に当時から問題作と言われてきた歌だけど、

〝自分で乳房をつかみ　私に与えておくれ　まるで乳呑み児のように　むさぼりついてあげよう〟

今では何だか子守唄を聞いてるような気持ち良ささえ覚えたのは、すなわちコレ、老いるショックの一環。

春組に入れ会場を出ると冷たい雨が降っていた。

『時には娼婦のように』作詞・作曲：なかにし礼

なかよしワニさん

人生の3分の2はいやらしいことを考えてきた。

昨年（2019年）、『クロール―凶暴領域―』という映画を観に行って以来、僕の中でワニブームが続いているのである。

映画の内容は、水泳のクロールを得意とする女子がハリケーンのため近くの河が決壊して家の中にも雪崩れ込んできたワニ（奴らの場合、クロールは〝這う〟の意）と、大格闘をくり広げるというよくあるパニックものであるが、CGで作られたワニが超リアルで、しかもしつこくて惚れ惚れした。見終った後は、しばし放心状態。自然と足がヨドバシカメラのホビー・おもちゃ館に向ってた。

それは、以前から気にはなってたけれど買うまでには至らなかった全長30センチぐらいのゴム製のワニ玩具、欲しさに。

幸いなことにまだ、世の中的ブームには至ってないとみえ、〝あなたをお待ちしておりましたワニ〟と、売れ残ったままだった。

予てより集めているゴムヘビ同様、それは社寺での祭りの際、露天商が取り扱う品。ペアで並ぶ光景もよく目撃していた。日本のみならず、東南亜細亜圏に発生するヘビ&ワニグッズ。それは元来、両者が神とされてきたからであろう。

ワニは古代インドのガンジス河の化身〝クンビーラ〟。それが日本に伝来し、〝金比羅《こんぴら》〟と呼ばれるようになった――

ま、そんな講釈はさておき、僕にとってグッズはマイブームの起爆剤。どこに行けばそれが入手出来るか、そのことばかりをこの数ヶ月、いやらしいこと以外の3分の1を使って考えてきたわけだ。当然、動物園にも行ったし、ラコステで例のワニのマークが入ったウェアも買ってはみたが、もっとリアルなヤツが欲しい。

そうだ！　〝熱川バナナワニ園〟に行こう。

思い立って、連休の中日、混み合ったスーパービュー踊り子号に乗り込んだ。

しかし、カワイイ系ワニグッズだらけならどうする？　今までにも何度となくこちらの度量を試してきたファンシーってヤツだ。どうか、売ってないでくれ！　僕は車窓に見える熱海湾に向ってそう祈った。

ようやく伊豆熱川駅に到着。小走りでバナナワニ園の土産物コーナーに直行。そこで目の当りにしたのは、今の僕にとっての凶暴領域だった。予想通りファンシーも存在したが、それを避けつつリアル系をわんさとレジに運んだ。

少し気持ちが落ち着いてズッシリ重いレジ袋三つを手に、しかと本物のワニを拝見することにした。クロコダイルやカイマン、アリゲーターなどその違いを初めて確認したワニ・ビギナーは〝やっぱ、カッコイイ〟と、唸った。

ちょうどその時、飼育員による餌やりが始って、棒の先に刺したでっかい肉をバクバク食らうワニの姿に観客のどよめきが起る。

しかし、どうしたことかある檻の二匹は何の反応も示さない。いや、ワニの生態はよく知らないが、二匹重り合ったそのスタイルはいわゆる交尾中ではなかろうか？

「何してるの？　ワニさん」

どこにでもいる空気が読めない子供にまわりの大人は大層、弱ってる。

「仲良くオネンネしてるのよ」と、母親らしき女性がどうにかフォローしたが、「じゃ、ママとパパと同じだ」の返しに夜の個人情報がダダ漏れ。まわりの失笑を買っていた。僕はそれを尻目に園を出た。

ある？ ない？

人生の3分の2はいやらしいことを考えてきた。

「悪いな、他を当ってくれよ」と、ダウン・タウン・ブギウギ・バンドの『港のヨーコ・ヨコハマ・ヨコスカ』みたいなことを言われ、断念した就活も今やとうの昔。気付くと終活シーズン到来。たぶんこれも不採用になるに違いない。

そんな僕のような一生涯保障無しのフリーランス野郎には、幸か不幸か〝上司〟と呼べる人がいない。

雑誌のお悩み相談コーナーを何度か担当したことがあるが、会社を辞めたい理由のトップがイヤな上司。パワハラ、セクハラの大権化として挙ったものだ。

それは、上司と部下という呼び方に問題があるんじゃないか？〝上・中・下〟、そんな呼称は格差ダイレクトが生れるに決ってる。

せめて丼モノみたく〝松・竹・梅〟でお茶を濁しとくのはどうか？

「部梅《ぶばい》から言わせて貰うと余りの松司《しょうし》の高圧的態度が云々――」

その点、フリーランスは自分より歳上であれば全て〝先輩〟。お世話になった先輩であれば大先輩。少々困らされても嬉しいものだ。

その日、郊外にあるスタジオでテレビ収録を終え、芸能人なら自家用車で次の職場に急ぐところだが、僕とその大先輩（芸術家）は最寄り駅までぷらぷら歩いた。

「みうらはもっと、女性の汗《エキス》を吸って強靭にならんといかんな」

30年ほど前、初めてお会いした時、そんなアドバイスをくれた大先輩。

帰る方向も同じで来た電車に乗り込んだのだが、時間帯が悪く、車内は学校帰りの学生でごった返していた。

ようやく並んだつり革に摑ったところで先輩は唐突に、

「ところでみうらは、フェラチオの途中でな――」

と、ドスの利いた大きな声で切り出した。

騒《ざわ》ついた車内が一瞬にして静まり返り、さらに僕の相槌が遅かったせいで「フェラチオの途中でな」と、くり返し言った。

「あ、はいはい……」

久しぶりで面食らったが、大先輩は昔からまわりを気にしない。そこが芸術家たる所以（なのか？）。

「（フェラチオの途中でな）もういいよと、自ら抜いたことはあるか？」

え!?　質問なんですか？　ちょっと待って下さいよ。

「……」

公衆の面前、すぐには答が出ない。これは単なるエロ話の把《つか》みなのか、それとも先輩特有の深イイ話であるか、判断し切れない。

きっとまわりも僕の返答に期待を寄せているに違いない。ここは正念場。しかし、嘘はつきたくない。しばし、考えて、「残念ですが、まだないです」と、正直に答えると、大先輩は「そうか」と、頷いた。そして、「オレはあるな」と、言った。僕は咄嗟《とっさ》に「ありますかぁ」と返したが、それっきり大先輩は終着駅の新宿まで何も喋らなかった。ドッと学生たちがホームに雪崩れ出る。僕らもその後に続いた。

「じゃ、またな」

人混みに消えていく大先輩の後ろ姿を見送りながら、僕はやっぱりあの時、「あります」と答えた方がよかったんじゃないかと後悔した。歳を取り、そんな余裕がお前にも出来たんだろうと大先輩は聞かれたのかも知れないからだ。

ちょい漏れ、今昔

人生の3分の2はいやらしいことを考えてきた。

「遅れてる」とは、何も電車のことではない。なかなか彼女の生理が来ないのである。「単に遅れているだけじゃないの?」と、分ったような顔で聞いてみるのだが、「今度は違う気がする」と、彼女は言う。

まだ、大学を卒業して間もない頃。一人で食っていくのもままならないのに、到底、そんな責任まで取れそうになかった。数週間、ブルーな気持ちでいたが、何度目かに聞いた時、「来た」と彼女は極フツーの口調で答えた。

「今夜は何か美味しいものでも奢《おご》るから」と、思わず切り出すと、「そんなに嬉しいんだ」と、呆れたような顔で、「だったら毎回、ちゃんとゴムを着けてよね」と、彼女は忠告したが、いや、僕は毎回、着けている。

反論したかったが、ここは「はいはい!」と、冗談めかして返しておいた。

ウキウキ気分でちょっと高めの中華料理を食べに行ったのだが、彼女はそんな場で話を蒸し返してきた。

「もし、万が一だよ。出来ちゃってたらどうするつもりだった?」

「真っ先に籍を入れなきゃね」

僕は軽口を叩いたが、「そんな気、ないくせに」と、一気に彼女の機嫌が悪くなった。

「それ、出来ちゃったから仕方なくするってこと?」

「違うって……」

僕は怪しくなった雲行きをどうにかしたくて、例のゴム問題に切り替えた。

「でもさ、ちゃんと毎回、ゴム着けてんだぜ」

何もエラソーに言うことではないが、疑いは晴らしたい。彼女は「それでもちょい漏れしてんじゃないの」と、言い返してきた。

〝ちょい漏れって……〟

僕はコンドーム会社の肩を持ち、「最近のゴムはな、昔と違ってすごく精巧に出来てんだ。極薄だからといってそんな易々と破れやしない」と、講釈を垂れたのだが、彼女は「そんなこと分んないじゃない。何かの拍子に抜け落ちることだってあるんじゃないの?」と言ってきた。間髪入れずに「ないね!」と返したところで、僕の大好きな酢豚が運ばれてきて、会話は中断した。

よくよく考えてみると確かに思い当るフシがある。僕は快感が減少するのが嫌で、ギリまでゴムを着けない派だった。カウパー氏腺液にも五分の魂。その中に少量の精子が混ざ

ってることもあると聞くではないか。それが、もし、ちょい漏れの原因であるなら、今後「すまない」では済まされなくならぬよう、事前の装着を心掛けなければなるまい……。

そんなことで悩んでた時代も遠い過去のこと。今のちょい漏れ問題の鉾先はもっぱら、排尿後となった。

「尿管が男性の場合、曲りくねっているので、高齢に差し掛かるといくら振っても奥に溜った尿がなかなか排泄されなくなります」

先日、ＮＨＫの医学番組で初めてそのメカニズムを知ったのだが、やたら出演者が連呼するそのちょい漏れに、かつて雑誌『ＬＥＯＮ』がやたら提唱してた〝ちょい不良《ワル》オヤジ〟を思ったのは僕だけか？　これからは、イタリアン・テイストのちょい漏れおやじを目指すなんて奴も現われるんじゃないだろうか。

無かったことにするな！

人生の3分の2はいやらしいことを考えてきた。

映画『キャッツ』を観に行ったのである。

僕のようなひねくれ者はその土台となる舞台を、〝全世界累計観客動員数8100万人！〟と脅されようが、一度も観ていないズブの素人。ワニワニ・パニック映画『クロール―凶暴領域―』を映画館で観た時、かかってた『キャッツ』の予告編のつい〝そこ〟が気になって確かめに来た次第。

「ずんべらぼん」とは、関西弁なのか？　凹凸がなくて、のっぺりしている意だと理解してるが、キャッツらの股間《そこ》が正にそれだったからだ。

顔は人間と猫の折衷案だが、体毛の生え具合は完全に猫の体《てい》を成していて、それは、鍋島藩の化猫騒動からヒントを得た日本の怪談映画のものとは比較にならないレベルであった。

しかし、化猫は和服を着ての行動。キャッツらの中にも服を与えられた者もいたが、基本、前は全開。主人公らしきヤングキャッツに至っては絶えず〝スッポンポン上等〟なのである。

僕は盛大にキャッツらが歌っておられる間も、そこばっか見つめていた。何も神聖なストーリーを汚すつもりはない。天に召されることを至上の喜びと考えるのは、根底にキリスト教が流れているからか？　昔、観た映画『汚れなき悪戯』（'55）でも、僧侶たちに育てられたマルセリーノ坊やが、僧院の屋根裏部屋に置かれたキリスト像にこっそりパンとブドウ酒を捧げ続けたことで、そのお返しとして天に召された母のもとに往かせて貰うなんてストーリーを思い返したりもしていたのだけれど、やはりそこが気になって仕方ない。

この際、メス猫のはいいとして、問題はオス猫のあるはずの突起ブツ、ここは監督のフーパー氏はどう、お考えになったのか？

ちなみに僕はその監督名に覚えがあった。いや、てっきり『悪魔のいけにえ』（'74）の監督、トビー・フーパーと勘違いしていたわけで。こっちはトム・フーパーさん。10歳の時、『キャッツ』を観て、一目ぼれのような感銘を受けた（と、パンフには書いてあった）。

ここまでリアルに身体を再現したわけだし、そこにそれが付いてないのは大変、おかしい。R指定覚悟でやっちゃうか、メス猫との区別程度に少し、こんもりさせておくという手もあったろうに。

しかし、最後までじっくりその具合を窺ったが、やっぱり両者共、ずんべらぼんであった。

これでは大人のよくやる手口の〝無かったことにする〟ではないか。

ここでもう一度、断っておくが、何も僕は神聖なストーリーを汚すつもりはない。しかし、だ。そもそも問題なのは人間キャッツと、本物キャッツの大きな違い。直立歩行か否かが、沽券にかかわる、いや、股間にかかわっているのである。

〝メモリ〜♪〟が出た。僕でも知ってるあの名曲だ。

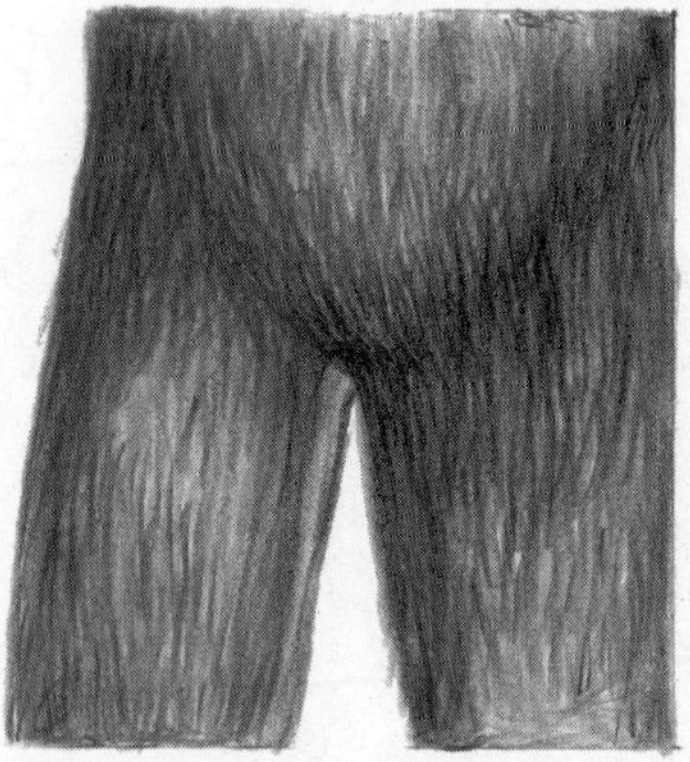

股間問題にあくせくしていたが、ここは涙のカツアゲ。昨今の老いるショックの一環、水道蛇口で言うところのパッキンがボロになって大量の涙が頬を伝う。
いや、違うんだ。直立歩行のオスキャッツらの股間を、無かったことで済まさないためにはどうすれば良かったのかなのだ。
ここは、日光東照宮のまるで生きているような『眠り猫』の作者、左甚五郎さんにそこをどう対処するべきだったか、聞きたいところである。

バカにしないでよ

人生の3分の2はいやらしいことを考えてきた。

〝プライド〟とは何か？ 和訳すると『誇り』。大概、それは始めっから傷付けられるためにあり、「バカにすなぁーい！」と、〝アホの坂田〟こと、坂田利夫さんの往年のギャグをマジ顔で口走ることになるわけだが、そんなつまらないプライドなら早く捨て去った方が賢明だと思うのだけど——

つき合い始めた頃は当然、ラブラブの真っ最中で何を言われても全て善意に捉えてる。しかし、それが徐々にトーンダウンしていく内、これは完全にバカにされてるなと気付く時がくる。

それは夜中のラーメンや焼肉といったどう考えても翌朝に響くものをいつもの調子で「行かない？」と、誘った時、前なら即、「いいね！」と言ってくれていた彼女が、「今から？ バカじゃないの」と、あっさり言って退《の》けた瞬間。

最終的に夜中でなくても「何か食べに行く？」と、聞くと、「ラーメンと焼肉以外ね」と、男の大好物を全否定するようになる。

仕方なく彼女のおっしゃるヘルシーなものを食らうハメに。そこでも「やっぱパンチがないよコレ」などとブックサ文句を垂れていると、「男って本当、バカじゃないの。ジャンクフードばっか食べてたら早死にするから」と、今度は男の生き様自体を全否定してくる。

確かに彼女の意見は正しいかも知れない。しかし、よく考えてみて欲しいのだ。そんなジャンクで自堕落な生活こそがラブラブの正体ではなかったか？　と。だからと言うのも何だけれど、このところセックスの回数もめっきり減った。唯一、男の復権だった行為も彼女がいつ何時、「バカじゃないの」と、言いやしないかとヒヤヒヤしてるからだ。そもそも、セックスなんてものは、お互いバカにならなきゃ、やってられない。

サウナでもないのにやたら汗かいて、到底尋常とは思えないポーズを決めてせっせと腰を振る。たまに思い出したように「愛してる」だの「好きだよ」なんて挟むのは、これはあくまで役どころ。本気のバカじゃないんだぞと言いたいわけだ。

それなのに勇気を出して誘った時の「眠い」だの、「明日、早いから」の断り様には男のプライドがズタズタだ。

それに最近、僕の名前を〝ちゃん〟付けして呼ぶのはどうしたことだ。

〝○○さん〟から、〝クン〟に格下げされた時はまだ、ラブラブ期だったのでそれもまた良しと思ったが、この期に及んでのさらなる格下げ。いつの間に君は母親みたいな立場になったんだよ。

もはや「バカにすなぁーい！」の一歩手前である。

いずれこの〝サンクンチャン〟という韓国料理のようなヒエラルキーに〝ヨビステ〟が加わるようなら、流石にこっちも考えがあるぞ。

〝別れてやる！〟

いろんな不満がヘルシー料理のせいでどんどん募っていく。

「何、イライラしてんのよ。もう、ビンボー揺すりは止めてよね」

彼女に指摘されるまで気が付かなかったその癖も一向に治らない。

「イライラなんてちっともしてないよ！」と、ムキになって言い返したのがアダとなった。

「まだ、ラーメンじゃなかったこと怒ってんでしょ、純ちゃん。本当、バカじゃないの男って」

一気に僕のプライドを傷付ける三連発をかまされて、遂には泣きたい心境になった。

赤玉転がし

人生の3分の2はいやらしいことを考えてきた。

精通して以来、恒例となる金玉工場長、通称〝おやっさん〟の、「今日も1日、精子製造に精を出して下さい」で始まる朝礼。

人はそれを〝朝勃ち〟なんて言葉で呼ぶが、もはや老朽化が著しい今では盆暮れ程度のものとなった。

「何だか最近、お前も丸くなったなぁ」と、まわりから言われ出すのはこのせいで、かつては文字通り〝精力的〟だった御仁も、よる年波には勝てないのである。製造はごく僅か。そのほとんどは〝とろみ〟と呼ばれるゲル状の物質。90％以上が水分だ。

その気休めすらいつまで出せるか、工場は壊滅の一途を辿っている。おやっさんも、めっきり老けた。久々の登壇に工員たちは心配そうに見守っているが、工場とその運命を共にするのが定め。覚悟は出来ている（はずなのだが）。

「お早よう御座います。みなさん、本当に今までよく頑張ってくれたね」

しかし、工員たちへのねぎらいの言葉に、つい感極まって泣き出す者もいて、おやっさんは、「何も悲しむことではない。無から始まり、無に返るだけのこと」と、禅僧のように諭す。

「そりゃ、中には絶倫なんて者もおるがな。あれはバケモノじゃ」

などと言って、笑いを取ることも忘れない。

「それにまだ、仕事は終っちゃいない。我々の仕上げ、赤玉転がしの儀が間近に迫っておる」

それは男なら誰しも、一度は耳にしたことがある〝最後にはアソコの先から赤玉が出る〟という噂。まんざら嘘ではないようだ。ふだんは尿道としても使用されている所が、そのパレードの時間帯は通行止めになるという。

「ここは盛大に鳴り物入りで送り出してやろうじゃないか」

赤玉転がしの儀の由来には諸説あり、自慰などによる無駄撃ちで数多く失った精子への鎮魂という説もあるが、ここはおやっさんが言うように盛大なお祭として受け止めた方が賢明であろう。

「赤玉の大きさは入念にチェックしておけ。途中で詰まるなんてことがないようにな」

「はい!!」

久々に躍動感が生れた現場ではあったが、赤玉転がしのGOサインが下る時が、工場の最後でもある。〝無から無へ〟と、いくら説かれてもそう易々と納得いくものではない。

真ん中が新たな工場である

工員たちのそんな気持ちを察してか、おやっさんは、

「工場死すとも性欲は死せず！　いずれ、新らたな工場が始動するだろう」

と、予言めいたことを言った。「それはいつですか？」工員の即座の質問に、「息子の口から〝クソ〟が飛び出す時だ」と妙なことを答え、さらにざわつかせた。

ある日、外から何やら言い争う声が漏れ聞えてきて、「うるせぇーな、このクソジジイ！」が出た。どうやらスマホでエロ動画を見ていた息子がオンボロ工場の所有者（父親）から説教を食らいキレているらしい。

その時、工員たちはハタと気が付いた。おやっさんの言う新しい工場とは、反抗期を迎え精子作りを始めた息子の金玉のこと。そのスピリッツは代々、引き継がれるものらしい。ちなみにこの写真は、僕が中一の時。実家にいた時の最後の親子旅行となったものである。

二つに結んで……

人生の3分の2はいやらしいことを考えてきた。

女芸人トリオ、『3時のヒロイン』を目にする度、気になるのはテレビに向って左側に立つ〝ゆめっち〟のヘアスタイル。

例の「アッハーン」をやる時の表情もソソるのだけど、ヘアスタイルがツインテールの時、特にグッときてしまうのである。

思ったきっかけは中学生時代、大好きだったアイドルがしていたせいだが、その頃、ツインテールという呼称だったかどうか定かではない。たぶん〝二つくくり〟とか、そんな野暮ったい言い方をしていたように思うのだが。

それにツインテールと言えば当時、『帰ってきたウルトラマン』に登場した怪獣が有名だった。エビみたいな反り返ったボディの先に付いた二本の触角がその名の由来。この怪獣名が転じてヘアスタイルに成ったという説もあるくらいだ。

さらに'73年放映の『ウルトラマンタロウ』第一話でも、ツインテールにしたウルトラの母が登場。これに鑑みると、円谷プロがツインテール好きに拍車を掛けたともいえる。

「ねぇ、ツインテールにしてみたらどう？」

そう言って、すぐにタバコを喫《す》ったのは疚《やま》しい気持ちを誤魔化すため。

「え？ なんで」

当然、彼女もそんな不意な提案に乗ってくるタマではないことは百も承知。

「絶対、似合うと思うんだよなァ、ツインテール」

僕はプロデューサー気取りでそう言って、予め用意したヘアゴムを二つ、ポケットから取り出した。

「いやいや、する意味分んないし」

「似合うって、してみ？」

しばし押し問答が続いたが、何もエロい下着に穿き替えて欲しいと迫っているのではない。

「いいじゃないか、ツインテールくらいしてくれても」と、つい本音を漏らすと、彼女はすぐさま、

「ロリコンかよ！」

ツッ込みを入れた。

「違う違う！ そうじゃないって、ツインテールが単に好きなだけだって……」

ここで中学時代の話を持ち出しても、「私、そのアイドルの代用にされたくないから」

と、大層、機嫌を損ねるに違いないし、ましてや、ウルトラの母に至る考察など彼女にとって無意味だ。困って口を尖らせていると、気の毒に思ったのか、「ま、一度くらいならしてあげてもいいよ」と、お許しが出た。

「や、やっぱ似合うよ！」

僕がそれだけでは済まないことは彼女も分っていて、そのまま二人、ベッドに雪崩れ込んだ。

二つに結んで……

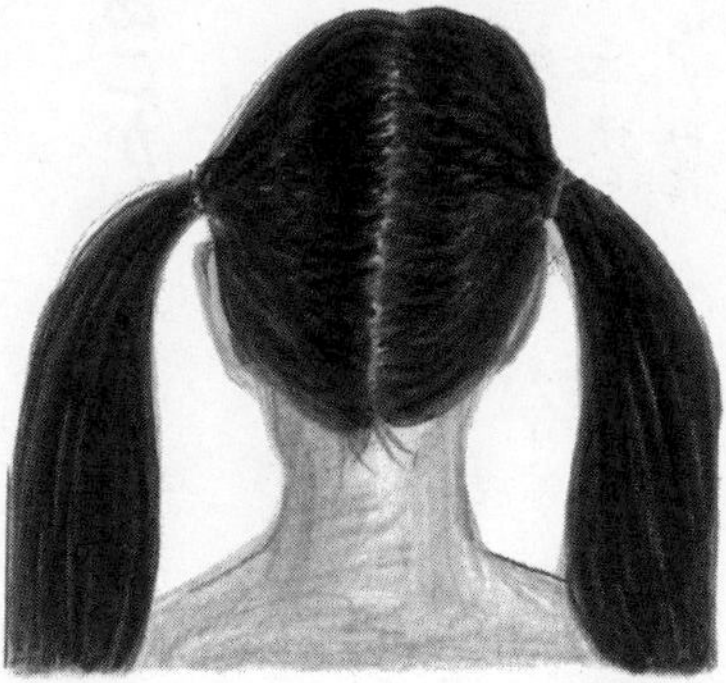

こんな間近に見るツインテールは初めて。

正常位だけでは飽き足らず、バックスタイルで後頭部もじっくり観賞したが、うーん、こちらもすこぶるグー！　嬉しさで腰の振りも激しくなる。

〝あぁ、もう我慢も限界……〟

僕はその時、思わず両手で両テールを摑んでは、手綱のように力強く引いた。

「バカ！　痛いじゃない!!」

フィニッシュ寸前、彼女はベッドから飛び出た。以来、ツインテールプレイは、二度と行われることはなかった。

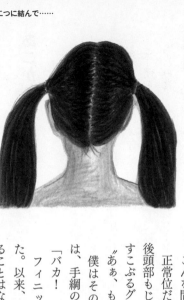

あこがれのホーロー

人生の3分の2はいやらしいことを考えてきた。

その昔、ホーロー看板と呼ばれるものあり。正式表示は『琺瑯看板』。

主として光沢のある塗装ないし印刷で仕上げられた金属製の屋外用看板のことを指す。

「お水！」「崑ちゃん！」

と、僕らはホーロー看板を指さしては、いちいち点呼をとった。

ちなみに〝お水〟とは、第一回レコード大賞を『黒い花びら』で受賞した歌手・水原弘の愛称。後に殺虫剤〝ハイアース〟の広告塔となりホーロー化された。

崑ちゃんは言わずもがな、うれしいとメガネが落ちる〝オロナミンC〟のホーロー&ヒーロー、大村崑の愛称である。

「なんこうきくの！」

これは、オロナイン軟膏《なんこう》の浪花千栄子という女優のホーローだが、当時、テレビCMで自ら、「私のホンマの名前は、なんこうキクノと申しますの」と、語っておられ、ツゥはそう呼んだものだ。

〝金鳥〟の蚊取り線香は、美空ひばり。〝ボンカレー〟は、ドラマ『琴姫七変化』で有名な松山容子と——小学校の帰り道、少しパトロールしただけでも、こんなにいっぱいのホーロースターに会えた時代。

大概は薬屋の店先、醤油やお酒を扱う商店の板壁などに打ち付けてあるのだが、何故か〝かとり線香 アース渦巻〟のものを点呼する時だけは、「由美か、お、る……」と、わざとしどろもどろに言う慣習があった。

それは思春期を迎えてたことに他ならず、生足をムキ出しで微笑む彼女の姿に僕らは甚《いた》く感じ入っていたからである。

スラリと伸びた生足もさることながら、そのノースリーヴな薄手の衣装もやたら気になる。下はちょっと緩めなパンツだが、それを称して、ネグリジェと呼んでいた寝間着なのである。

「こんなカッコしてたら、いくら蚊取り線香焚いても刺されるやろ」

これが僕らのせめてものジョークだったが、〝刺される〟というのも何だかとても悩ましかった。

友達と別れ、家に帰っても僕の頭はネグリジェでいっぱい。ひょっとしてオカンも持ってるんじゃないかと捜したことがあるくらい。でも、一般家庭にそれは見当らず、特別な事情に発生するものと確信した。それに僕は当時、ネグリジェを『寝具《ねぐ》・リージェ』と、

間違って解釈していたので、その〝リージェ〟にやたらジンジンくるエロが宿っていることは間違いなかった。

　後に頭をガツーンとやられることになる〝ランジェリー〟の前兆である。

　堪らず、こっそり家を抜け出して由美かおるを確認しに行った夜もあったけど、日増しに強まる思春期のこじらせに、その程度のものでは到底、太刀打ち出来なくなって、いつしかホーローの存在すら忘れてしまっていた——。それから随分、時が流れ、大学の夏休みに帰省した時、例のパトロール道にあった板壁を見つけ記憶が蘇った。随分、まわりは様変りしていたが奇跡的にそこだけは、昔にタイムスリップしたようだった。

　いや、待て！　肝心の〝アース渦巻〟が無いではないか！　そこだけ板が白く空いている……さては夜中、誰かが無理矢理、剥して持ち帰りやがったな!!

　僕は思わず地団駄を踏んだ。それは自分も当時、考えていたことだったからである。

あの娘の誕生日♪

人生の3分の2はいやらしいことを考えてきた。

〝土曜の夜にゃ電話して　見えないながらも笑いをたたえ　そして言うだろう　おめでとう　今日は君の16回目の誕生日♪〟

僕のファーストアルバム『ぼくはかしこい』より、『あの娘のバースデイ』の一節——ギターを始めて1年余り。しょっぱなから90分カセットを奮発して買っちゃったもんだから、なかなか完成しなかった。

作詞は主に授業中。教科書を机に立て、先生に見つからないよう書いた。

その頃は1日、4曲が自分に課したノルマ。家に帰るとすぐにギターでメロディをつける作業が待っている売れっこ並みの忙しさだ。

ギターコードは三つか四つ。それ以上、覚えてる余裕がない。いや、ギターにとって最初の難関といえるバレーコードの〝F〟が、うまく弾けないままなのだ。ま、そんなことより量産をモットーに数ヶ月は励んでいたのだが、ある時から急にペースダウンし始めた。

決して才能の枯渇ではないと信じたかった。言うなればそれはテーマの枯渇であり、何ぁーんの変化もない僕の日常生活からでは新しい詞など生れてくるはずがない。

そんなある日、スランプ中にあった自称シンガー・ソング・ライターに朗報が入った。

何と、友達が知り合いの女の子を紹介してくれるというのだ。

〝これは書ける！〟

そう直感し、生れて初めてのデートをした。

その時、喫茶店で彼女が言った「今月、私、誕生日だから」にヒントを得て、すぐさま作ったのが『あの娘のバースデイ』。スタジオ（自室）で、何十回と録り直した。

出来ることならファーストアルバムを完成させ、彼女の誕生日プレゼントにと思ったが、まだ曲数が足りない。

それに、〝ある夜、勉強していると目の前に女学生が現われた♪〟という、オナニーをテーマにした歌も入れてしまってる。

〝Oh！　何？　Oh！　何？　それは何？♪〟がサビなのだが、どう考えても彼女に受けるハズはない。今ならそれだけカットする編集も簡単にできるのだろうが、何せその頃はラジカセ1台である。

サプライズを思いついた。それはギターを抱え近所の電話ボックスに入り、電話口から彼女に『あの娘のバースデイ』を弾き語るというものだ。

早速、下見に行ってみたがギターは立てた状態じゃないと中には入れない。仕方ないので当日はラジカセを持ち込むことにした。

〝ローソクの灯を一息に　バースデイケーキはあるつもり　一本残ったローソクを僕が消してあげよう　君の誕生日♪〟

「今から、僕の作った歌を流すから聞いて――」

そんな前振りから始めるつもりで夜、家を出たのだが、電話ボックスのドアを開けるなりギョッとした。

鼻を突く強烈な臭いと床にはその証拠の品。当時の電話ボックスはしゃがむと外から見えない構造になっていた。〝さては人糞……〟ロマンチックな気分などすっかり消え失せ、退散した。

後日、連絡を取ったら「受験勉強で今、忙しいから」と、つれない返事。『あの娘のバースデイ』の、発表の場は完全に失われてしまった。

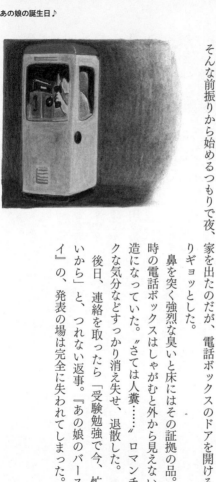

ムダ毛か、要る毛か

人生の3分の2はいやらしいことを考えてきた。

「眉毛を生やしてる必要性は何ですか？」と、いきなり聞かれ困ったことがある。

もう、随分昔のことだけど、雑誌でルポを任されて編集者の男とちょっと不思議な劇団が合宿しているという山に向う途中、最寄り駅までジープで迎えに来てくれた劇団員の口から出た一言がそれだ。

当然、彼には眉毛は無かったし、マッチョ系。物腰は柔らかいが、その強面に少しビビッた。

「汗止めじゃないでしょうかねぇー。直、目に入らないための……」

その場を繕うように編集者は答えたが、「いや、違うでしょう。実際、それで困ったことはありませんからね」と、彼に返され一気に不穏な空気が漂った。

そりゃ、無い人が言うんだからそうなんだろうが、かといって剃った方がいいとは思わない。暫し、沈黙していたら、

「強要などするつもりはありませんが、取材中、そのことをよくお考えになって下さい」

と、やんわり強要してきたので、僕と編集者はジープの後部座席で顔を見合せ、苦笑した。

現場に着くと、女子も含めみな、劇団員は眉毛が無かった。

郷に入れば郷に従え。あくまで取材させて貰ってる側としては泣く泣くその儀式を受け入れたのだが、確かにおっしゃる通り、その後の日常生活には何の支障もなかったし、なんならちょっと強面になったことで箔が付いたような気さえした。

「下《しも》の毛を剃らない理由は何なんです?」

つい先日、部位こそ違えど同じようなことを友人に聞かれた。ちなみに彼は眉毛もある文化系丸出しの男だ。しかし、ここ数年、マラソンにハマッているらしく何だかふだんの服装もスポーティになっている。

「走ると分るんだけど、下の毛が絡んで本当、困る」などと、自らの剃毛理由を聞いていないのに述べた上でのサジェスチョン。

「いやいや、こちらはマラソンなどする気はサラサラないので大丈夫」と、強要されるのだけは勘弁と早い内から釘を刺したつもりでいたが、「マラソンをする、しないじゃなく、そんな不潔なものをどうして生やしているのかってことを——」と、なかなか譲らない。

不潔とまで言われちゃ、こちらも黙っていられない。

「風呂でちゃんと洗ってるよ！」と、少しムキになって返すと奴は、「でも、今はもう汚れてるでしょ？　剃りさえすればそんな心配はないのに」と、したり顔で言う。

これでは勝ち目がないと、「剃るのはいいけど、また生えてきた時、チクチクして痛いじゃないか！」と、反論したがこれも、「また、剃ればいいじゃないですかぁ」と、簡単に流され二の句が継げなくなった。

すると、今度は「何故、こんなにお勧めしてると思いますぅ？」と、アンミカみたいな口調になって、「特に剃毛は仮性包茎の方には効果テキメンなのです」と、PRした。なるほど、奴の言った下の毛が絡むとは、余った皮にということか……。

かつて、そんな下情報交換は何度も飲み屋で行ってきたし、それ故、奴とは同朋意識が芽生えたことも確かである。

僕は家に帰って、しばらく考えた。もはや枯れつつある身。そろそろ下出家をしてもいい時期かと――

ブッ通しNIGHT

人生の3分の2はいやらしいことを考えてきた。

ある日、ふとしたことから時の流れの早さに気付くと、「1年」が「1ヶ月」、「1週間」が「1日」と、加速の一途を辿ることになる。

その頃には、「そもそも人生というものは短く、はかないものだ」などと、至って真面目なことを考えがちだけど、それは若い頃、十分に時を弄んでしまったツケが回ってきただけのこと。それに夜ふかしをしなくなったせいでもある。いや、眠気に勝てなくなったと言った方が正しいだろう。

徹夜はヤングの特権。「いやぁ、丸1日、寝てないんだよね」などと、得意気に言うと、「そんなのまだまだだよ。オレなんか3日、寝なかったことあるぜ」と、対抗してくる輩もいて、とても気に食わなかった。

「でも、ブッ通しじゃないだろ?」

ここで疑問視されるのはその間に少しは仮眠を取っていたのではということ。あくまでそれは自己申告に過ぎないからである。そんな時、必ずテッヤー（徹夜を豪語する輩）

は、「完徹だから」と言い張ったものである。完徹。すなわちパーフェクト寝てないを3日とした場合、72時間もブッ通しで起きていたことになる。

　これが「仕事で」と言うのならまだしも、奴の場合、ニヤつきながらのセックス話で、「本当、疲れたよ」で締めくくられても同情の余地はない。

〝それにしてもそんな長丁場のセックスは可能なのか？〟

「そりゃ、いくら何でも嘘だろ？」と、思わず口にしたら、「本当だって！」と、奴は目を見開き言った。もう、この辺で止めときゃ良かったのだが、お互いかなり酒も入ってる。僕はこの大ボラを暴いてやろうと躍起になった。

「女の方もスゴイな」それには、刑事ドラマの取り調べでよくやる手口。一旦、相手の懐に飛び込んでみるのがいいだろう。

「いや、ホント。誘ってきたのもあっちだったし」「ほーう。いくつぐらい、相手は？」

「オレより1コ、上かな」

　その場で思いついたことを言っているのに違いない。

「どこで知り合ったの？」「バイト先で」「ふーん」

　どうにかして、そんな女が実在しないことをゲロさせたい。

「そのコとはまだ、連絡取り合ってる？」と聞いた時、流石に奴もビビッたのかと思いきや、「今から呼ぼうか？」と、あっさり言った。

〝え？　本当にいるんだ……〟

それからしばらくして中野の安呑屋に姿を現わした女は、極、フツーの女子大生風だったが、僕は狭いテーブル席で強豪レスラー二人に囲まれてる気になった。いきなりその一件を聞き出すのも何だし、しばし無駄話をしてそのチャンスを窺った。

「で、どうなの？　3日も寝ずにエッチしたって聞いたけど」、平静を装い切り出したら、彼女は爆笑し、「あったね、そんなこと」と、奴の顔を見て言った。

〝あったんだ……〟

「朝、そのままバイト行って、帰って来たらまた、始めてのくり返しだったよね」

僕のブッ通しの解釈は少し間違ってたけれど、その有り余る二人の精力に仰天したやたら長い夜。

呑屋を出るとすっかり空は白んでた——

メガネ同士

人生の3分の2はいやらしいことを考えてきた。

「デビューのきっかけは?」と、聞かれたら困る。きっと、クラスの誰よりも先に掛けて、注目を浴びたかっただけの理由だから。何をやっても中の下。希薄な存在感にも一石を投じたくて、わざと暗いところで本を読んだりしてメガネデビューを夢見てた。

確か、小五でそれは実現した。当時まだ、子供用は黒縁の本当、ダサイフレームしか無くて、それにレンズもガラスで重かった。

「どうしたん?」

学校での反応は期待に反しすこぶる薄くて、しばらく〝顔だけガリ勉〟などというアダ名を頂戴した。

中学に入り、さらに進行した近視。レンズの厚さは牛乳瓶の底の如く。〝これじゃ、モテるはずがない!〟と取り返せない過ちに落ち込み、大層、思春期をこじらせた。

高校時代、ジョン・レノン、エルトン・ジョンのWジョンに救いを求めた。メガネなのにロック。そこがいいんじゃない! と、自らを洗脳。大学からは彼らのような度付きサ

ヘタウマってなんだ？

人生の3分の2はいやらしいことを考えてきた。

〝ヘタウマ〟の定義は、未だよく分らない。それは料理に於ける甘辛《あまから》同様、両極なものをかけ合わすことによって、絶妙ないい味を醸し出すということなのか？　しかし、’80年代、どこかの粋人が考案したそのヘタウマというネーミングで僕はどれだけ救われたことか。

絵を描くことは幼い頃から好きだったが、小学校の図工の授業は大の苦手。かしこいかバカかならまだしも、ウマイ、ヘタで判断されることに納得がいかなかった。いや、ウマイ奴がやたら女子の間で持て囃《はや》されていて、悔しかったというのが正直なところである。

僕はある日、思い立って『ケロリ新聞』なるものを作った。

それは新聞部が作る学校行事や学習に基づいた記事などを載せてるものと違い、得意な自作四コマ漫画や笑えるクイズを考え、びっちり紙面に書き込んだもの。ちなみにケロリとは、その頃、僕の生み出したカエルのキャラクター名である。

翌日、早めに登校して、教室の後ろの壁に貼り出した。

「何なんコレ?」と、クラスメイトがそれに集まっていく様は少し離れたところで、悦に入って見守っていたのだが、「おもしろい」はあっても一番、期待していた「ウマイ」は誰の口からも出なかった。

これは編集方針を改めねばならぬと、2号目からはウマイ奴をヘッドハンティングし、絵の作製に当らせ、かしこい奴もクイズ考案者として編集部（うちの家）に招き入れることにした。予想通り、新聞としては人気を博したが、その比較により僕の絵が決してウマくないことを自ら、証明した結果となってしまった。

それから15年くらい時が流れ、幸運にも僕はそのヘタウマブームにあやかって、漫画家としてデビューさせて頂き、以降はヘタウマな絵や文章を書く人物となっていた。

その日はライブ・ペインティング・ショー。野外の音楽イベントで、ステージ奥の壁面に即興で絵を描く仕事だった。

慣れないペンキに悩まされながら2時間余りかかってようやく完成した荒波に打たれる崖っぷちの（その先にカエルが立ってる）絵。

ステージを降りると、後から会場にやって来た彼女に、「ヘタクソだね」と、言われ深く傷付いた。

思ったことは何でも、すぐ口にすることはつき合い始める前から知ってはいたが、下心もあり、天然だから仕方ないと諦めていた。だが、言うに事欠き、ヘタにクソまで付けてこられては、もう堪忍袋の緒が切れそうだ……。

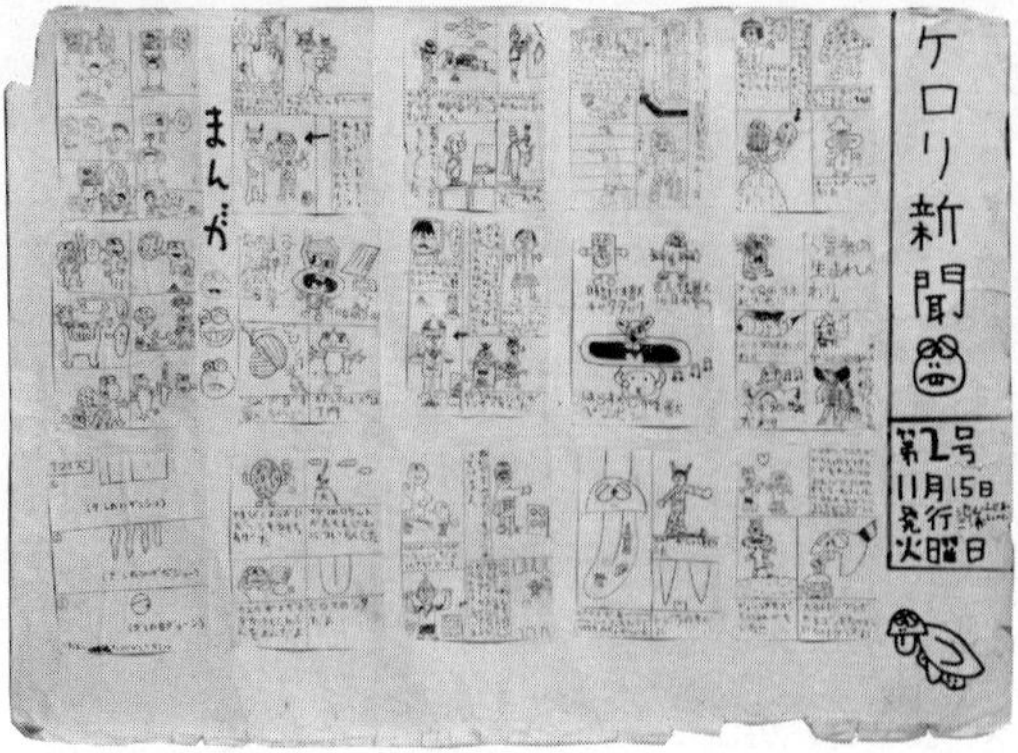

「あれなら私の方がウマイよ。だって、中学の時は絵のコンクールで優勝してるし」

うーん、それを言うなら優秀賞を貰ってとかだろ。絵の世界には戦いなどないんだよ、バーカ！

「それに大学では絵を描くサークルに入ってたし」

バッキャロー！　こちとら趣味じゃねぇーんだよ！　何故、こんなに心の中では怒っているのに僕はそれを口に出せないでいるのか？

答は簡単だ。そんなことを口にすれば彼女の機嫌が悪くなり、今夜のセックスに有り付けなくなるからだ。

彼女のそれは大変ウマイ。十分過ぎるほど認めてる。ここは自分でもよく分らないヘタウマの定義など、述べずにいるのが賢明だと思った。

マルチな商売

人生の3分の2はいやらしいことを考えてきた。

今は昔、「マルチ」と呼ばれる職種あり。

一般的には〝マルチ商法〟で有名だが、この場合は多才という意味に用いられ、様々なジャンルからの仕事依頼を見事に熟《こな》す才人の名称でもあった。それはメジャーな立場の者に限り、同じく「マルチでんなぁ」と言われることはあっても、マイナー者のそれは〝何でも屋〟に等しかった。

しかし、何でも屋とて、こればかりはお断りしたいという内容の仕事もある。何せ、一人の弱小企業。新製品として売り出された留守番電話機でどうにか対処していたのだが、残念なことに当時のものは先方の身元が明かされる機能は付いておらず、メッセージが吹き込まれてる途中で友人や母親と気付き、慌てて電話口に出るなんてこともよくあった。

それに、何でも屋への仕事依頼は、その内容まで吹き込まれることは稀で、大概「折り返し、今から言う電話番号に掛けて下さい」と入っていることがほとんど。

何も、望んで何でも屋に成ったわけじゃない。やることなすこと、大したことなく結果、こう成ってしまっただけ。仕事があるだけマシと思え。

こちらにそんな引け目があると、直接、先方に電話を掛けて〝お前ごときが？〟というニュアンスを含んだ高圧的な口調の場合、若き何でも屋は断る術を無くしてしまうのだ。

ある日、先輩の漫画家がAVに出演したという噂を聞いて、動揺した。

僕もその頃、頻繁にフーゾク・ルポという何でも屋故の仕事をしていたが、あくまで取材現場はフーゾク嬢と二人っきり。AVとはわけが違う。

まわりに大勢のスタッフがいるだろう前でのAV女優との絡みを、あのガリ痩せで、かつ、おとなしい性格の先輩がどう熟したのか？　想像しただけで怖くなった。

後日、そのAV（VHS）をある筋のルートを使って入手し、うちの家で四、五人、同じく何でも屋を集め、ドキドキしながら鑑賞会を催した。初め、先輩のおぼつかない前戯を見て、誰しもの口から「こりゃダメだあ」が溢れたが、中盤の激しい腰振りに〝おーっ!!〟となり、何と予想外であったラスト、ベッドを駆け上っての顔射シーンには大きな拍手まで巻き起った。

「やるならここまでやれ」

と、何でも屋魂を見せつけられた気になって、僕はもう、居留守を決めこむことはしないと誓ったのだが——

ベルが鳴り、受話器を取ると、「あ、みうらさん？」といきなりの呼び掛け。こちらが

返事をする間もなく、「ね、どうです？　ＡＶに出る気はありませんか？」と、続けてきたではないか。

〝あっ!?　あの仕事だ……どうしよう？　とうとう僕にお鉢が回ってきたんだ……〟

僕はしばらく黙っていたが、咄嗟にあるアイデアを思いついた。そして、努めて冷静な口調を装い、

「ただいま留守にしております。御用件のある方は30秒以内にお願いします」

と、留守電のフリをした。すると、先方は、

「いないのかよ!」と、吐き捨てるように言い残して電話を切った。

僕でなくてもいい仕事だったことは確実。以降、居留守ならぬ居留守電役をするようになったのだ。

そそられぬスポット

人生の3分の2はいやらしいことを考えてきた。

'80年代、男性誌でその図解を見た「Gスポット」というやつ以外、スポットと名の付くものには、興味がなかった。特に、デートスポットと聞くと虫唾《むしず》が走る。それに、こちとら車にも興味がなく、当然、免許などない。電車やバスを乗り継いでまでそんなチャラけた所に行く気はサラサラないのである。それでも彼女がどうしても行きたいと言うのであれば仕方ない。重い腰も上げようが、幸いなことに今のところ行かずに済んでいる。

「ねぇ、今度のお休み、ドライブ行かない?」と、ある日、彼女が不思議なことを言ってきた。

「第一、お前も免許ないじゃん」僕が言い返すと、

「そうじゃないって、会社の同僚に誘われたのよ」

「男か?」

「うん。誘ったのはそうだけど、何人かでレンタカー借りて会社の保養所に行こうってことになったのよ」

た。


「オレ、関係ないじゃん」

「だから、彼氏も連れてっていいかって言ったのよ」

彼女は僕が嫉妬深いことをよく知っている。ここは監視役としても同行すべきだと思った。

当日、レンタカー屋で首謀者とみられる男と挨拶を交わしたのだが、「いつも噂には聞いておりやす」などと、調子のいい口振り。

〝やはりこの野郎、オレが来なければ寝取ろうとしてやがったな……〟

男女合わせて総勢、六人。白いワゴン車に同乗し、保養所があるという山梨県に向った。僕は何とかその場に溶け込もうとバカ話を続けたが、運転席のあの野郎は話を遮るように、「なぁ、このまま行くのもつまんないし、途中で富士急ハイランドに寄ろうぜ」と、言った。

「行こう行こう！」車内が沸いた。

「一度、行ってみたかったのよ」まさか彼女の口からそんなセリフが出るなんて。

「連れてって貰ったことないの？　絶対、気に入るよあのジェットコースター」と、男は勝ち誇ったように言った。

〝来るんじゃなかった……〟

僕は激しく後悔した――

〝ホラー映画〟というものにも色々あるが、僕が取り分け好きなジャンルは無軌道な若者たちが、敢えて危険な場所に入ってひどい目に遭うやつだ。自分のことは棚に上げ、〝だから言わんこっちゃない〟と、傍観者でいられるからである。

「具合、悪いの？」

はしゃぐ男女を尻目に僕は一人、園内のベンチに座り込んだ。遠くから「早く来いよー」と、声がして彼女は気もそぞろ。「すぐ戻って来るから」と、言い残してその場を立ち去った。

〝実はあのジェットコースターにはとんでもなく恐しい仕掛けがしてあるんだ……〟

でも、僕の忠告など君は聞く耳を持たないだろうな。楽しそうに戻って来て、「次はあのお化け屋敷に入るのよ」と、言った。

〝今度こそは本当に危険だ！　だって、その中には殺人鬼ピエロが待ち構えてるんだぞ……〟

デートスポットでのこの疎外感が、数々のホラー映画を生み出しているんだと思った。

あつまれ　いやらしの森

人生の3分の2はいやらしいことを考えてきた。

この〈いやらしの森〉とは一体、何か？

〈いらっしゃいませ〉

どうやらここはそんなプラン名で、未開発の島への移住を勧める会社らしい。歳も取ったし、そんな夢を叶えてもいいかもな。

〈パソコンやケータイは使えませんのであしからず〉

何の情報も入らないのが逆にいい。

〈このテントを差し上げます〉

島のどこに住んでもいいってわけね。

〈それでは飛行機が出発しますので〉

はい。

ここか、いやらしの森ってのは。一見、フツーの島じゃんか。

テクテクテク……

海岸に出た。あ、何か落ちてるぞ。

〈拾ってみる〉

なつかしいエロ本じゃないか。こんなものは昔、公園か神社の裏に落ちてたもんだが。

今、改めて見るとキッツイな、モデル。

テクテクテク……

あれ？ 未開発と言うわりに『ヌキ商店』と書かれた建物がある。

〈いらっしゃいませ。何か御入り用ですか？〉

いや、あの、たまたま通りかかったもんで……

店の棚に今時珍しいVHSデッキがあるじゃないか。それ、いくらですか？

〈コレは1万エーロです〉

エーロって何だ？ こっちの通貨単位なのかね。聞いてねえよ。すいません、また来ます。

テクテクテク……

移住者のテントだ。〝バサ〟

〈突然、入って来んなよ！〉

す、すいません……

しかし、いい気なもんだよ。昼間っからエロビデオ見ながら、文字通りテント張ってやがる。あの、そのソフトはどこで手に入るんですか？

〈商店に行けば古いエロ本20冊と交換して貰えるよ〉

なるほど。そういうことか、どーも。〃バサ〃

いずれあの高価なビデオデッキを買わなきゃどうしようもないな。

あ、桟橋のとこにエロ本発見！　ここにも落ちてる。

こんなもの子供が拾ったら騒ぎだぜ。ま、こんな古臭いもんじゃヌケやしないか。ん？

地面に亀裂が入ってる。さては何か、埋ってやがるな。

〈スコップは古いエロ本10冊と交換出来ますよ〉

商店は何だってあるな。

スコップを手に掘ってみると、『ＤＩＹ』と書かれたカード。何何？　作業台を使えばバイブレーターが作れるとあるが、オレにはいらんだろ。

適当な場所に貰ったテントを張ってみる。しかし、暇だな。ついついいつもの癖で股間に手が伸びるが、やはりここは何かオカズが欲しい。テクテクテク……

島中を回って必死に古いエロ本をかき集めた。

〈1万エーロは1万冊のこと。全然、足りませんね〉

来たその日には無理か。

〈ソフトなら何本か交換出来ますが〉

見せて貰った。こっちもかなり年季の入ったものばかり。それでも昔、お世話になった菊池エリものなど数本、ゲットした。

すいません夜分に。ちょっとお頼みしたいことがありまして。オレは辛抱堪らず、あのビデオデッキの持ち主を訪ねることにした。

〈うーん、一晩だけなら〉

いい人で良かった。後日、オレのソフトを貸す約束をして機械を自分のテントに運んだ。

え!? 規格外で入らない。奴のデッキはβ《ベータ》だったのだ。

どこまで昭和なんだ。しかし、いやらしの森とはよく言ったもんだ。悶々としてなかなか寝付けねえじゃないかよ！

蒲団のにおい

人生の3分の2はいやらしいことを考えてきた。

20代の頃、住んでたアパートの近くにひっそり『田山花袋《たやまかたい》終えんの地』と、書かれた標柱が立っていた。

文学のことなどよく分らないけど、自然主義と呼ばれた作風は今なら差し詰め、文春砲を自ら仕掛けるようなことであろうか。その代表作品が田山花袋の『蒲団《ふとん》』。

（以降、ネタバレ有り）

主人公（花袋）は妻子ある30代半ばの中年文学作家。住み込みの弟子（女学生）に恋心を抱き、それでも手が出せぬジレンマに嫉妬の日々を送る。遂には彼女を実家に追い返すというのがあらすじだが、問題なのはラスト。男が一人、彼女の寝ていた蒲団に顔をうずめ、クンクン臭いを嗅いで泣くといったプレイに、当時、まだ童貞だった僕はよく意味が分らず〝どんなオチやねん！〟と、ツッ込んだ記憶がある——

「東京もしばらく行ってへんしな」

ある日、実家のオカンから電話が掛かってきた。

「自由が丘ってとこ、あんた知ってるやろ？ そこにな、オシャレな生地を売ってる店があるらしいんやわ」

オカンはその頃、自宅の2階に生徒を集め、洋裁の先生をやっていたのでそんなことも言った。

「ああ」とか、適当に相槌を打っていたら、「明日から2、3日、東京に行こと思もてな。あんたの家に泊めてや」と、突然の決定。

僕が少し黙っていると、「何か困ることでもあるんか？ 私には構わず、仕事には行ってや」と、言うのだが。

困るのは、この四畳半のボロアパートには蒲団が一組しかなかったこと。

今までにもオカンはここに泊っていて、そんな事情は知っている。

「親子水入らずやないの。何の気兼ねがあるかいな」と言うだろう。もう一人前の自由業気取りだった僕は〝もう、昔と違うんや〟と、主張したかったが、止めた。

「ま、悪いけど、明日の新幹線の券、買うてしもたさかい頼むわ」

オカンは早口で到着時間と列車の号名を告げ、電話を切った。

僕はその後、すぐに彼女に電話を入れた。そして会えなくなった事情を説明すると、

「それは仕方ないわね。せいぜい親孝行してよ」と、何だか嫌味に聞える言い方をした。

「そりゃ僕もめっちゃお前に会いたいけど……」

つき合い始めて2ヶ月くらいしか経ってなかった。ほぼ毎日、ここで会って、セックスしてたけど、彼女の本性はまだよく、分らない。

「私のことは心配しないで。その間、おとなしくしてるから」

そのセリフが逆に、不安を煽った。

「オカンが帰ったらすぐに電話するから」

何だか二人の女性の間で揺れ動いている気分である。

オカンはアパートの部屋に入るなり「汚ないなぁー」と、言って、掃除を始めた。その時、押し入れを開けたもので、彼女が買い置きしてた生理用品が転がり落ちてきた。

オカンはそれに対し、何のコメントもしなかったが夜、寝る段になって僕が蒲団を敷くと、顔をうずめ臭いを嗅いでは、「あんた、悪い女に引っ掛かっとるんと違うか？」と、聞いてきた。

臭いでそんなことも分るオカンはスゴイと思った。

ストロング・ナイト

人生の3分の2はいやらしいことを考えてきた。

「ねぇ、どうする？」

そんなヒソヒソ声が聞えてきて、ぼんやりだが意識が戻ってきた。

「どうするって、どうもこうもないじゃない」

もう一人、別の声も聞える。これもヒソヒソ声だが、僕の寝てるかなり近いところで話をしている。

「もう、電車もないし」「だから、あん時、帰れば良かったんじゃない」

いや、近いどころか、スピーカーのように右と左の耳から聞えてくるではないか。

それにしても頭が割れるように痛い。調子に乗って呑み過ぎたせいだ。

昨日の記憶が蘇ってくる。

地方での講演会といえば聞えもいいが、僕の場合、客に笑って頂いてナンボのトークショー。その後、主催者の接待を受けたのだが、ここでもまだ、バカな話を続けていたら、

「先生のファンのコを二人、呼んでいいですか？」と、聞かれた。

大概、僕を先生などと呼ぶ人は信用ならないが、そこは酒の席である。少しして現われたかなりケバイ、女性二人に囲まれ、こちらも上機嫌となった。ホステスよろしく、ガンガン注いでくるもので、とうとうトイレへ吐きに行った。

その時、朦朧《もうろう》とした頭に浮かんできたのは、映画『燃えよドラゴン』。格闘トーナメント後の宴会シーンであった。悪党が催すそれは、僕がイメージしてきた〝酒池肉林〟の世界。

ちなみに酒池肉林という四文字熟語。その映画を観た中学生の時に一度、辞書を引いてみたが、期待してた〝肉〟は単なる食材の意味で少し、ガッカリした記憶がある。

でも、悪党の豪奢な酒宴にはシメとして肉体の接待が用意されていた。格闘家たちが各自の部屋に戻ると、数人のセクシーなカッコの女性が現われ、「どのコを選びます？」と、言ってくるのである。中には数人まとめてなんて言う奴もいて、僕はスクリーンに向って、〝な、アホな！〟と、ツッ込んだものだ――

僕は昨夜、へベレケで、誰かに抱えられタクシーに乗せられた。

いや、違う。それを拒否してもう一軒、彼女たちとハシゴし、そして、三人でホテルに戻ったんだ。……それからどうした⁉　全く記憶がない。まさかと思って恐る恐る目を開けようとしたら、右耳（R《ライト》）から、

「この人、利用価値、あんの？」と、驚くべき発言が聞え、思わず目を閉じた。「そんな

こと知らないよ。第一、この人、何をしてる人だか知らないでしょ」と、（L）《レフト》。次に
（R）（L）が同時に、
「だよね！」

と、言って笑い出した。

「シーッ！　起きちゃうよ」と、（R）。

「爆睡だよ、爆睡」と、（L）。

酒池肉林

僕は仕方なくニセの寝息を立てた。

「ここにいたってつまんないし、取り敢えず出よ」

そう言って、彼女たちはベッドを軋ませ起き上り、そのまま部屋を出て行った。

僕はベッドで一人、天井を見つめながらまたもあの映画を思った。それは、数人まとめての酒池肉林男が後に変わり果てた姿で発見されるシーンだった。

バカでも許してニャン！

人生の3分の2はいやらしいことを考えてきた。

「私、男に甘えたくないから」と、彼女は言った。

僕が今よりもっとバカで、彼女が大層、かしこく思えたあの頃――

「第一、なんで女は男に甘えなきゃなんないの？」

彼女はいかなる疑問に対しても、「それは非論理的ね」と、締め括る。そのセリフはかつて、どこかで耳にしたような気がするが、思い出せずにいた。

「でも、男は甘えてくる女が好きなんでしょ？」

いつもより彼女の投げ掛けが多いのは、昨夜、僕がどこに泊って、何をしていたか、なかなか白状しないからである。既に何度か、その場凌ぎの嘘で墓穴を掘ってきたので、今回は黙ってた。

「女に猫撫で声で言われると、男は何だって承知しちゃうんでしょ？」

その時、僕の頭の中に別の女の声が聞えてきて、〝ねぇー、ねぇーってばぁー、私のお願い、聞いてくれないかニャー〟と、猫撫でどころか完全に語尾が猫の鳴き声になっている。

〃何だよお願いって？〃〃今夜はずっといっしょにいたいニャー〃

これが出ちゃ浮気も引き際だけど、猫撫で声プラス、股間撫でが始まっちゃったもんで、〃いいよ〃と、簡単に承知しちゃった。

〃うれしいニャー、いっぱい甘えちゃうからニャー〃

甘えられるとつい、殿様気分になり、〃今夜はいっぱい甘えるがよかろう〃なんて、再び、猫娘ん家のベッドに戻っちゃう。

「猫撫で声を出す女って腹黒いに決ってんだよ。それにまんまと乗っかっちゃう男って本当、バカ。そう、思わない？」

「……」

〃あら？　どうしちゃったのかニャー？　何か悩みごとでもあるのかニャー？〃

イマイチ、硬くなんない僕のを見て聞いてくる。

〃当ててあげましょうか、彼女のことが心配なんでしょニャー？〃〃いや、別に……〃

〃大丈夫ニャー。私、彼女から貴方を奪い取ろうなんて、これっぽっちも思ってないからニャー〃

ムクムクムク……

〃あ、元気になってきたニャー〃

そう言って猫娘は体勢を変え、〃ナメさせて貰っていいですかニャー?〃と、願い出る。あぁ、誰かと違って、何と健気なことよのう。

「自己管理能力のない男って、最低! それは、その男の親にも原因があると私は思うんだよね」

「……」

「だってそうでしょ? 親が甘やかして育てたもんだから、甘えに対し極端に弱いのよ」

いや、それは違うんじゃないか? と、思ったが堪えた。

〃おいちいニャー♥〃

それはさておき、猫娘がよく言うそのセリフ。あんなとこが美味しいなんて、それは非論理的だ。ん? ちょっと待てよ……

その瞬間、思い出した。あのセリフの出元は「カーク船長、それは非論理的です」じゃなかったか? スタートレック、僕らの時代はTV『宇宙大作戦』での、ミスター・スポックの常套句である。すぐにでも彼女に聞いて確かめたいが、今、そんな状況ではないことくらいバカでも十分に分った。

メランコリック・サマー

人生の3分の2はいやらしいことを考えてきた。

高校二年の夏の終り。学校から帰ると、自宅のポストに僕宛の手紙が一通、届いていた。差し出し人を見ると、何と旅先で知り合った彼女！　急いで自分の部屋に入り、封を開ける。大人っぽい便箋に、青いインクの丁寧な文字で、

〝メランコリー屋の純ちゃんへ　お元気ですか？〟

と、書かれていた。これは何も彼女の頭がおかしいわけではない。

夏休みを利用して友達のSと出掛けた小豆島のユースホステルで、自己紹介コーナーの際、自ら名乗ったキャッチフレーズなのである。

井上陽水さんのアルバムタイトル『陽水II　センチメンタル』に感化され、僕はメランコリーでいくことにしたのだ。それは青春ノイローゼをしこたまこじらせた結果。ある意味、絶好調な時期だったと言えよう。

〝あんな楽しい一人旅は初めてでした。それも全て、貴方たちのお陰です〟

ユースの前の芝生に座り込んで、星空を見上げてた。その時、たまたま隣にいた彼女に

Sが声を掛けた。

「さっき、東京から来たって言うたはりましたけど、東京のどこですか？」

「小平市ってとこなの」

「へぇー！」

僕たちは知りもしないのに大きくうなずいた。それから彼女が大学二年生で、将来は小学校の先生に成りたいことや、趣味は詞を書くことなど色々、聞き出した。

「あの、僕、将来はシンガーソングライターに成るんで、詞を送って貰ったら曲、付けますよ……」と、お近付きになりたくて僕はアピールをした。

「明日、いっしょに海、行きません？」

あの時、Sが誘った浜辺での写真が二枚、同封されていてどちらも同じ、僕とSがはしゃいでる姿だった。

〝また、来年もあの島で逢えたらいいな。S君にも写真を渡してね。じゃ！〟

決して劣情を催すようなタイプではない。至って真面目で清楚だった彼女。それでも夢中になったのは、僕らの通う学校が男子高であり、さらに童貞真っ只中であったからに他ならない。だからこそ、この手紙は大変嬉しかったがとても困った。

Sとは日頃から〝友情〟などという言葉を口に出すほどの仲。しかし、それはあくまで女性関係無き上でのこと。この文面からして彼女は、S宛に手紙を送っていない。

何だかとても嫌だけど、一歩抜きん出たという優越感ってやつが頭をもたげてくる。もう、無かったことにしとけば良かったのだが、Sと旅の思い出話になった学校の帰り道。つい、口が滑ってしまった。

「あのコがな、来年もあの島で僕らに会いたがっとるけど、どないする?」

〝僕ら〟のところ、努めて強調したつもりだったけど、意味はなかった。

「なんでお前がそんなこと知っとるんじゃー!」と、突然、映画『仁義なき戦い』のような荒々しい口調になって、Sは迫ってきた。

「いや、この間、あの時の、写真がな、送られてきて」僕はしどろもどろで説明したが、怒りは治まるどころか遂には「お前、こっそり会うてセックスしとるんやろ!」と、童貞妄想を爆発させた。

以来、Sとは絶交。結果、不幸の手紙となってしまって返事も出せず仕舞い。大層、落ち込んだが、

〝全てを失った夏の終り〟

僕はちゃっかり、そんなテーマでメランコリックな歌を作っていた。

緊縛願望

人生の3分の2はいやらしいことを考えてきた。

いつか、あのことだけはカミングアウトしたいと思っていたが、言い出す勇気がなかった。

〝何事も一歩から〟

二人で旅に出ようと決めた日から、それをずっと考えていた。しかし、旅館に着き、部屋に入ったまでは良かったが、中居さんがやたらお喋りで、なかなか二人っきりになれない。

「いいわねぇー若くて」「青春、真っ只中じゃない!」

「うちの孫はね今年、小学校に上がったばかりでね――」

そんなどうでもいい話まで聞かされ、僕は山並みの見える窓側へ避難した。しかし、ふだんから外面のいい彼女。「お孫さんは可愛いんでしょ」などと、いちいち返すもので一向に話が終らない。とうとう「写真があるので、後で見せに来ていいかしら?」まで出て、「ねぇ、是非、見たいわよねぇー」と、彼女が僕に同調を求めてくる仕末。

「配膳の時、必ず持ってくるからさ」と、中居は一人でいらぬ約束を交し、今度は、旅館周辺の観光案内を始めた。

「ま、若い二人だから外に出なくても十分、楽しいかね。アハハハハ」

下品な笑い声が八畳くらいの和室に響き渡る。

「それでは最後に非常口の説明なんだけどね――」

ようやく出て行った時、中居の入れたお茶はすっかり冷めていた。

「何、怒ってんのよ?」

彼女は衣装棚を開けながら聞いてきた。

「だって、話、長過ぎ」「私ばっかりに相手させといて何よ!」

中から僕の分の浴衣も取り出し、ポンと床に置いた。そして彼女は服を脱ぎ、「ま、そんなことより早く、お風呂行こうよ」と、言って、浴衣を羽織り、帯を締める。その瞬間、僕の頭の中にはその帯で緊縛された彼女の全裸姿が浮んできて、〝あぁん……イヤン……〟と、まんざらでもない声を上げた。僕が旅館を選んだのはそのためだった。

きっかけは初めて入った地元・京都の『千本日活』って映画館。三本立てポルノの中にあったSM映画の虜となったのだ。以来、縛りがないと物足らなくて、それ系のタイトルを見つけると必ず観に行った。脳内がピリピリする恥辱シーンの数々。今でもよく思い出すのは、『お柳情炎　縛り肌』という映画のワンシーン。全裸の女性が戸板に開脚縛りさ

れ、とろろ汁を付けた張り形でアソコを責められるというもの。〝何故にとろろ?〟ＳＭビギナーはそう思ったが、しばらくして「痒い、痒いわぁ……」という悶え声に替った時、〝そういう使い方もあるんだな〟と、妙に感心したものだ。夕飯を終え、二度目の風呂から戻ると既に、布団が敷かれていた。

　僕は意を決してカミングアウトすることにした。彼女は途中まで黙って聞いていたが、意外にも「腕ぐらいならいいよ」と、軽く返してきた。

「ありがとう!!」

　僕は嬉しくて例の帯で彼女の両手を縛ろうとしたが、大きな誤算があった。素材が硬くてうまくいかないのだ。その内、彼女が「痛い!」と言い出し、中断。仕方なくいつものノーマルなやつに切り替えた。

　翌朝、何と食卓にとろろが並んでいるのを発見。調子に乗ってあのシーンのことまで話さなくて本当、良かったと思った。

彼女の貝殻

人生の3分の2はいやらしいことを考えてきた。

貝の入ったお味噌汁。具を食べた時、たまにジャリッとした歯ごたえがあり、嫌になることがある。それは、調理の段階で砂抜きが甘かったせいであるが、己れの警戒心の甘さも反省すべきだ。

そんな時、思うことだが、言葉として、【貝が砂を噛んでる】と、【貝に砂が噛んでる】では、どちらが正しいのか？

前者はあくまで貝が主体だが、後者は食べる側の人間の苦情込みな表現である気がしてならない。

そもそも【砂を噛むよう】が、〝あじわいやおもしろみがまったくない〟という意味のたとえであるからして、貝にとっちゃ本当、迷惑千万な話だ。

夏に彼女と千葉の海まで出掛けた。泳ぐ目的ではない。夕刻近くに着き、そこで適当な旅館を見つけて入ったのだ。今からだと夕飯の用意が出来ないと言われ一旦、部屋に荷物を置いて、外に出た。

「正面の門は九時には閉めますんで、お戻りがそれ以降になるようでしたら裏口を御利用下さいませ」

いくら何でもそれまでには戻るだろうと思ったが、一応、裏口の在処は聞いておいた。駅前で〝浜焼き〟と大きく書かれた居酒屋の看板を目にしていたので、夕飯もそこで兼ねることにした。

彼女は僕より酒好きだ。最初から冷酒で飛ばしてる。僕はビールをちびちび飲みながら浜焼きを待つ。その間、ふと頭を過ったのは砂抜きのことである。

でも、名物と謳ってる店。流石にそんなヘマはしないだろう。出されたでっかいハマグリを前に、それでも念には念を。フゥフゥ言いながら甘噛みしたが、大丈夫だった。

彼女にも勧めたが、「今はいい」と言って、また何杯目かの酒を注文した。その時の大きな声ったら。

もう、出来上っているのである。僕も、ここは少し調子を合せないと介抱役に回らされてしまう。慌ててビールを飲み干した。

それから、閉店になるまで飲んだ。そこで旅館に戻れば良かったのだが、つい勢いで、「海を見に行こう！」ってことになった。

もう二人共、ベロベロだったので、どうやって辿り着いたか記憶はないが、気が付くと波音だけが不気味に響く真っ暗な浜辺に立っていた。

遠浅だと思ったのだろうか、彼女が素足になって海に近づいた。続いて僕も。しかし、一歩、海に足を踏み入れるといきなり深くて、僕らは海中にずっぽり身を飲まれ、もがいた。

「もう、死ぬところだったじゃん！」

必死で岸に上った時、すっかり酔いも醒めていた。そして、ズブ濡れの服のまま旅館に戻った。Ｇパンとスカートは何度か絞ったが、こっそり入った旅館の廊下はびしょ濡れ。

逃げるように駆け込んだ部屋の風呂で身体を洗った。

「明日までには乾かんだろ」と、言いながら服を干し、ようやく落ち着いて二人は床に入り、抱き合った。しかし、いつもの調子で69の体勢を取ったのが良くなかった。

僕の口内でジャリッとした歯ごたえが……。

彼女のはまだ、砂を噛んだままだったのである。

自マンは災いの元？

人生の3分の2はいやらしいことを考えてきた。

行きつけの美容室で、母親が唐突に息子の名前を挙げて、「あなた、御存知？」と、聞いてくるのは今回が初めてではない。

若い女子従業員は当初、その名前に覚えがなくて返答に困ったが、先輩の美容師から色々教わり、今では接客も板に付いてきた。

「もう、大学よりテレビの方が忙しくなっちゃって」と、母親がさも自分のことのように話し始めるのも毎度のパターンで、

「だって息子さん、超有名芸能人ですもんね」

べんちゃらも過激さを増す一方である。

「サインが欲しけりゃ、貰ってあげるわよ」「ありがとう御座います」

でも、既に色紙は何枚も在庫を抱えてた。

父親の方はたまの接待の席で、「息子さん、あの東大キングなんですって！　うちの娘に教わり驚いた次第です」などと、振られると嬉しくて、「ま、よく言ったもんです。〝東

大下暗し〝なんて（笑）」と、駄ジャレをかますが、これが殊の外、受けなくて——

当の息子は今日もテレビ収録。雛壇に座って、出題されるクイズを解いた。

「お疲れちゃん！」

メイクルームから出ようとしたら、ディレクターが近づいて来て、「今日、これから大丈夫だよな？」と、聞く。前回、収録の時、「他のメンバーには内緒な」と、言われてたスポンサー交えての親睦会のことである。

「はい」

息子は初めて入る高級クラブにドギマギしてた。しかし、しばらくして、「彼のこと、知ってる？」と、スポンサーの中の一人がホステスたちに聞く。

「中村さんったらもう、バカにしないで下さるぅー」

かなり馴染みなのだろう、チーママの彩花が真っ先に口をとんがらせ、言った。そして、「東大キング、今夜は離さないからね！」と、息子の隣に分け入る。

「ちゃっかりしてんなお前は。俺たちには接待無しかよ（笑）」

宴が終り、ホステスたちは見送りでエレベーター前に立つ。その時、彩花は息子に歩み寄って「ね、約束よ♥」と、耳打ちをした。

翌日の深夜、そのクラブから少し行った所、ドンキの前に息子の姿があった。

店が引けた彩花は会うなり早速、二人でホテルにしけ込んだ。

彼女の予想通り、息子は初めてだった。しかし、そこは接客のプロ。野暮なことは聞かず、「流石、下の方もキングね」と、言って微笑んだ。以来、息子にサカリがついた。週に何度も逢瀬を重ね、睡眠不足で頭は朦朧とした。

「今日の生放送には、スポンサーもお見えになってる。よろしくな」

ディレクターの言った〝生〟だけが妙に強調されて聞えてきた。「漢字穴埋めクイズ！」司会者が声高に言う。〝穴埋め……〟「□の中に漢字を書き、熟語を完成せよ」

いつもやってる問題だけど、『陰□』の時、ついつい彩花のを思い出し、〝唇〟と書いた。司会者は、「ねぇキング、それ辞書には載ってないよォー」と、必死でその場を繕ったが後の祭。

ネットや週刊誌にさんざん叩かれ、母親は美容室に、父親は接待の場に、そして息子はテレビに顔を出さなくなった。だから言わんこっちゃない。自慢話のシッペ返しは必ず、来るのである。

私がオジさんになっても

人生の3分の2はいやらしいことを考えてきた。

又貸ししたつもりではなかった。

「どういうつもりなの!?」と、彼女は突然、怒り出した。当初、どういうつもりも何も単に友達に貸しただけのことだと思い、「すぐに返して貰うから」と、答えたが、「そういうこと聞いてんじゃなくて、あれは私のものでしょ!! 分ってるわね」と言った。次の瞬間、僕の背筋に冷汗が流れた。

「そりゃ、もちろん」

便宜上、そう返したが、実は彼女に言われるまでそのことをすっかり忘れていたからだ。

「ビートルズはやっぱ、コレが一番だよな!」

数日前、うちのアパートへ遊びに来た友達に得意気な顔でＬＰレコードを見せたんだ。

『サージェント・ペパーズ・ロンリー・ハーツ・クラブ・バンド』

その長ったらしいアルバムタイトルを一息に言って、縦型ラックのステレオに掛けた。

しばらく友達はタバコをふかしながら聴いていたが、その内、「ま、確かに革命的なレコードだとは思うけどよ、俺はそれ、買う気はなかったな」などと、何だか評論家みたいなことを言い出した。

「やっぱ、断然、ビートルズは初期だろ」

リアルタイムで聴いてたわけじゃないくせに何だ、エラソーに言いやがって。何か飲み物、出してやろうと思ったけど止めた。

「全部、聴いてから言えよな」、反論のつもりで返したが、僕も大して詳しいわけじゃない。だって、ビートルズのレコードはコレ、一枚しか持ってないんだから。

「やっぱ、ビートルズはロックンロールが一番だろ」

言わせ放題になった。それでも、ひっくり返してまでB面を聴かせたかったのは、所有者の意地とでも言うか。ジョージ・ハリスンのインド楽器まみれな曲。そして、『When I'm Sixty-Four』。ポールのポップス曲に続く。

「64歳の時って、どう? ジジ臭い歌だと思わね?」と、指摘され、初めてタイトルの意味を理解したが、確かにおっしゃる通り。

レコードを聴き終えて、奴が「じゃ、帰るわ」と、立ち上った。狭い玄関口で靴紐を結びながら、「明日、朝一の授業出る? 出たら俺の代返、頼むわ」と言った。そして、帰り際、ギリのタイミングで「それと、そのレコード貸してよ」と、あんなに貶したくせにぬかす。僕が露骨に嫌な顔をしたら、「昔、お前にレコード貸したことあったろ」と今度は脅しまでかけてくる。ケチだと思われるのも悔しいのでつい、貸してしまったのだが、それが彼女のものだったとは――

〝When I'm Sixty-Four〟

あれから40年以上もの時が流れた。

どういうわけか最近、やたらメロディが浮んできて、タイトル部分だけ口ずさんでしまう。僕は後、2年でそのタイトルの歳になる。遂にカウントダウンが始まったのだ。

そして、あの時、彼女が怒りの頂点で言った「自分のものだと勘違いしないでよ!!」のセリフが、脳裏に蘇ってくる。僕はきっと、彼女のことも自分のものだと思っていたんだ。ちっとも大切にしないで、その大いなる勘違いが別れる原因となってしまったのだろう。結局、返す機会を失ってしまった『サージェント・ペパーズ』。何十年ぶりにレコード針を落してみた。

君はどうしてるかな？　64歳の時――

スクラッパー人生

人生の3分の2はいやらしいことを考えてきた。

漫画家としてデビューしたのが'80年だから、同時期に始めた通称・エロスクラップも今年（2020年）で40周年を迎えるのである。今では漫画はほとんど描いてないが、スクラップの方はキープオン。何故か歳を重ねるごとに作業は精力的となり、現在、639冊目に突入した。エロにもギネスがあればと思う。黎明期のただエロ写真を切って貼るのと違い、もはや長年に渡って培った匠の技で、パッと見は既存のエロ本と大差ない出来映え。いや、僕にはそれ以上のエロを作り上げてる自負すらある。

例えば、グラドルの水着写真の隅にエロ文（エロ本の中から抜粋した卑猥なセリフの切り抜き）を貼ることにより、さも彼女が言っているかのような錯覚が生れる。それは、元来、発表の場を持たない（いや、持てない）エロスクラップならではの醍醐味と言える。

僕は若い頃、自分がノーマルであることに随分、悩んできたが、そんな創意工夫の積み重ねもあり、とうとう神ならぬ、紙の方の変態に成れた気がする。

そんなスクラッパー（スクラップする者）人生。当然、常人では味わうことの出来ない体験もあった。まだ、子供が保育園に通ってた頃、よく仕事場からサンダルをつっかけてお迎えに行った。ちょうど今のような梅雨時だったと思う。廊下を少し進んだ所に教室があり、僕は保育士に頭を下げ、子供と連れだって玄関先に戻ろうとしたその時である。床に何やら小さな紙片が落ちているのを発見した。見事なハサミの切り込み具合に、よほどの達人の手によるものだと思ったが、〝いや、待て……もしかして!?〟

慌ててそれを拾い上げた。やはりそれは僕が切り抜いたエロ文であった。僕が見つけたから良かったものの、保育士にでも拾われていたら……冷汗をかきながら、最悪の事態を想像してみたのだが——

〝ある事件簿〟

某都内の保育園。その廊下に、縦3センチ横5ミリほどの紙片が落ちていたと署に通報があった。駆け付けた警官は当初、脅迫文だと思ったが、園長（女）から見せられた紙片に書かれた活字を読んですっかり気が抜けた。

深く突き挿れて!!

それはエロ本から切り抜かれたものに違いなかったからである。園長はさらに「他にもまだ、あるんですよ」と、訴え、持ってきた。それが

アソコが疼いて仕方ないの

と、

ねえ、お願い♥イカせて！

の二点であった。

どちらも切り抜かれた小さな紙片だが、落ちていた日時が違うのだという。

「恨みを買うことはないと思うんですが」と園長は心配そうに言った。

「これを一旦、署に持ち帰っていいでしょうか？」警官はそう聞いて、丁重にその三点を預った。鑑識に回すまでもなく、容疑者はすぐに浮上した。

通園する子供の父親で、自称・スクラッパーと名乗るふざけた初老であった。仕事場を捜索した折、大量のエロスクラップが見つかった。取り調べでホシは「どうしてそれが保育園に落ちていたのか？」などと、まだ惚《とぼ》けたことを言うので、眼光鋭い刑事は足に花粉を付けて飛び回るミツバチを例に挙げて、「お前はそのベタ足に紙片をくっ付けたエロの運び屋なんだ！　今後、作業する時は靴下を履いてしろ！」と、お叱りを受ける、そんなオチ。家に帰ってしばらく足の裏を見てた。

誰だと思ってる？

人生の3分の2はいやらしいことを考えてきた。

いわゆる〝観光地〟としての京都は、お寺以外ほとんど知らなかった。それでも「私、修学旅行でしか行ったことがない」と、かわいい女子に言われると、「今度、いっしょに行かへん？　案内するよ！」と、俄然ハッスルしてしまうのは男の性。結局、彼女の喜びそうな所なんてどこも浮かばなくて、彼女自らがガイドブックで探した観光スポットを巡る冬の一泊旅行となった。

その道中で何度もくり返し言われる「何も知らないのね」に、元・京都人のメンツ丸潰れ。汚名返上とばかりに、「ココ、俺の中学の時の友達の家がやってる中華屋」とか挟んではいるものの、どれも彼女にはいらぬ情報とみえ、無視を決めた。もちろん宿泊先も彼女が前もって予約した。実家に泊らない帰省は初めてだったので、僕にはちょっと後ろメタファーがあった。どうやら、大層エライ文豪が逗留していたらしい。いかにもの京宿だ。

玄関先に女将とやらが現われ、「遠路遥々、ようおこしやすぅ～」と、気の抜けた京言葉で迎えた。当然、二人共が東京人だと思っているのである。

その時、女将がチラッと僕の顔を覗いた。そして、「ようテレビでお顔は拝見させてもろてます。おきばりやすなぁ〜」と、言った。それが余りに唐突だったもので、僕はどう返していいのか分らず、取り敢えず軽い会釈をしてその場を繕った。女将は「ちょっとここで待っておくれやっしゃ〜」と一旦、裏に引っ込んだ。

「ねぇ、一体、誰と間違ってんのかしら？」

彼女はその間、ヒソヒソ声で言った。まだ、20代半ばだった僕は駆け出しの、しかもマイナー漫画家。テレビになど一度も顔を出したことがなかったからだ。

「正直に言わないから信じてるわよ」

「仕方ないだろ。俺もよく意味が分んなかったんだから……」

しばらくして女将が戻ってきた。そして、「ちょうど空いとりましたんで」と、何とその文豪の部屋とやらに僕らを通した。有名人（？）だと気付いた女将の配慮に違いない。

「お風呂はもう沸いておりまっさかいな、お二人でお入りになればどうどす？」

通常モードは分らないが、忖度《そんたく》を感じる言い方である。

「どうすんのよ？　サイン色紙でも持って来られたら」

僕は不安な気持ちのまま夜を迎えた。

「お床の用意させてもろてよろしいやろかぁ〜」

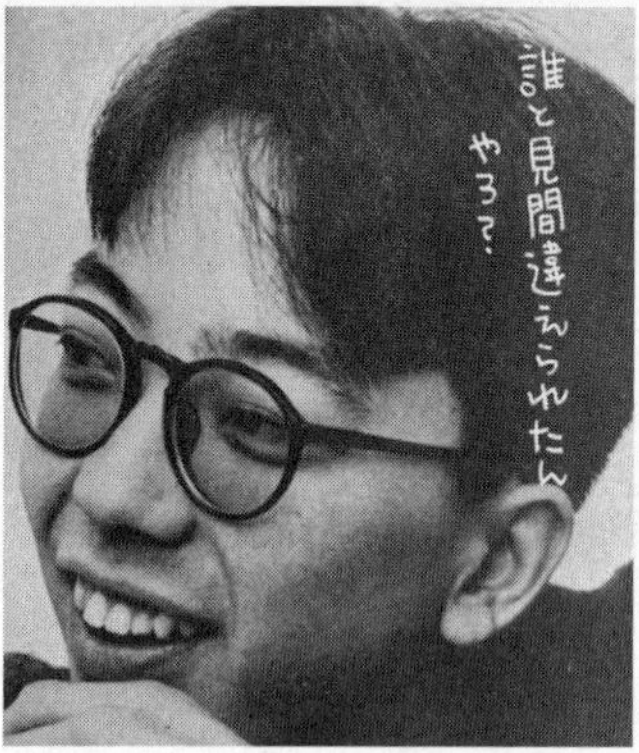

そう言って使用人を伴い女将がまたも顔を出した時、僕は観念したが、「京都はホンマ、寒いでっしゃろ」と、女将は呟きながらガラス窓を開けに行った。それは奥のレールにある雨戸を閉めるためだったが、一瞬にして外の冷気が部屋の中に入り込んだ。「本当、寒いですね」と、彼女が返すと、「そら寒いはずやし。雪おこしの空ですわぁ〜」と、不思議なことを言った。

「何ですかそれ?」「京都ではな、前の晩の空見たら翌日、雪が降るか分るんどっせ」

初耳の情報だった。

「良かったわね、サイン求められなくて」

二人になり、床に入った。しかし、彼女は生理期間中。注意を払ったつもりが、白いシーツの中央あたりに日の丸を作ってしまった。慌てて揉み洗いしたが落ちず、翌朝、丸めて布団の中に突っ込んだ。

「また、おこしやすぅ〜」

女将に見送られ、逃げるように外に出た。雪など降る気配は全くなく、空は青く澄み渡っていた。

走れ、みうら号

人生の3分の2はいやらしいことを考えてきた。

長い間、自転車に乗れなかった。しかも、同時に小六までオネショが治らなかったもので、乗れないわ漏らすわの二重苦。ふだんは努めて陽気に振る舞っていたが、男の沽券と股間は既にズタボロであった。

自転車はあったが、買って貰った時に付けた補助輪が何とも情けなく、たまに近所を走るとガアガアとチビッコ丸出しな音を立てるので、すぐに引き返した。

だから、友達が「公園で野球やらへんけ?」と、誘いに来てもそんな無様な〝みうら号〟を出動さすわけにはいかず、グローブ片手に友達の乗る自転車の後を全速力で追い掛けた。

当然、乗れないのは内緒。「お前、自転車、持ってへんだっけ?」と、聞かれても「今、修理に出してる」と、言い続けていた。

それを大層、不憫に思った父親がオネショには漢方薬を、そして、ある日突然、一人息子を千尋の谷へ突き落とすが如く自転車の猛特訓を始めた。ちなみにその頃、テレビ漫画

『巨人の星』が、我が家でも大ブーム。父親は星一徹を演じていたのだろう。何度も目の前で転倒する息子（この場合、僕は飛雄馬）にスポ根ならぬ、ジテ根を叩き込む。

しかし、イマイチ一徹に成り切れない父は最終的に、「乗れるようになったら、最新の自転車と買い替えたるさかい」と言って、いつもの一人っ子甘やかし作戦に切り替えた。

当時、少年漫画誌の広告ページに出てた〝電子フラッシャー付き自転車〟が、欲しかった。それは、後部荷台のところにウィンカーがはめ込まれていて、ハンドルにあるスイッチを右、左、曲がる方向に押すと、電子フラッシャーが点滅するという優れものだ。

当然、街では注目を浴びるだろうし、クラスの女子にモテモテと踏んだのだが、ようやく乗れるようになったのはその1年後。

まわりの友達が本格的なサイクリング車に鞍替えし始めた中学一年の時。電子フラッシャーをチカチカ（しかも音も出る）させながら走ってる僕を目撃したのだろう、「お前の自転車、アホみたいやな」と、友達は言って笑った。悔しかったけど、買って貰ったばかり。「サイクリング車に替えたい」なんて到底言えない。どうにか電子フラッシャーの部分だけでも外せないものかと何度か試みたが、強力に固定してあってどうにもならなかった。以降、仕舞いっ放しだった〝みうら2号〟。

ある日、強烈なエロ本渇望が沸き起った時、遠出を理由に久々の出動命令を下した。正確には近所の本屋では面が割れてて、エロ本が買い難かったせいだ。

しかし、気を付けなければならない。いくら時代遅れな車種でも目立つことには変りがなかったからである。

しばらく走行し、本屋を捜した。来たことのない土地に少し不安を覚えたが、そこはエロ本ゲットの期待に胸も股間も膨らませ、ペダルをこいだ。

いい塩梅の本屋発見！ それでも余り物色に時間がかかると怪しまれる。僕は何食わぬ顔で1冊のエロ本を手に取り、レジに運んだ。

そして、冷静を装い店を出たその瞬間、顔面蒼白。何と、店の前に止めたはずの自転車がない!?

派出所で「盗まれたのはどんな車種？」と聞かれ、電子フラッシャーの話はしたけど、とうとう出てくることはなかった。

初恋のキミ

人生の3分の2はいやらしいことを考えてきた。

いろいろあるのが人生だけど、その時の気持ちまでよーく覚えてるのは初恋と初体験である。でも、初恋の思い出というものは後に随分、美化してきた気がする。

初恋の人と添い遂げたケースを『新婚さんいらっしゃい！』で何組か見たが、中には互いが初恋の相手で、しかも初体験がその相手という夫婦もいた。そんな初ものづくしのラブ・クレイジーこそが〝赤い糸で結ばれてた運命の人〟というものであろう。しかし、大概は初恋と言っても名ばかりで、どちらかが勝手に初片想いをしたに過ぎないわけで――

「あのぉ、ひょっとして……」

大学時代、夏休みで田舎に帰省してた際、街でバッタリ初恋の人と遭遇したことがある。

勇気を出して声を掛けたのは、ひょっとしてじゃなく、僕には君だという確信があったからだ。初恋の人の顔は何年経とうが忘れやしない。だって僕は小学校を卒業してもずっと君のことを思い続け、その結果、しこたま童貞をこじらせたんだから。

〝友達の部屋で君を見た　卒業アルバム集合写真　君は昔と変らぬカワイイ前歯をのぞかせ微笑んでたんだ♪〞

僕のことだから当然、歌は作った。

高校時代、友達の家に遊びに行ったら、どういうルートで手に入れたのか君が通ってた女子中の卒業アルバムを見せられたんだ。

〝これといって君との間に起った大きな出来事はなかったけれど　僕がひとりで作り上げたイメージだけの初恋と思えば♪〞

歌詞では分ったようなこと言ってるけど、さらに君への思いが募ったのは言うまでもない。

「え？　ひょっとして……」

街で再会した時、君が同じことを聞き返したのは何も、僕のように照れ隠しのせいじゃない。あれから随分、時が流れてるし、第一、君は僕の初恋の人だってことを知らないまま生きてきたわけだ。仕方がない。僕が小声で名前を告げると、

「わぁ、久しぶりやんかー元気してたぁ〜⁉」

って、まるで親戚のおばちゃんみたいに僕の肩をポンポン叩きながら君は言った。何だか積年の想いが台無しになった気がしたが、それで僕は「なぁ、ちょっとそこでお茶でもせーへん？」と、軽く誘えたのも事実。君は「ええよ」と言って、そのかわいい前歯をの

ぞかせ、笑った。

〝この歳になって初めて君に開き直ったカンジで僕の気持ちを　打ち明けたりするなんて思わなかったよ　それはただの友達♪〝

実はその歌は、THE虎舞竜の『ロード』みたいに何章もあって、これは初告白後に書いた。しかし、何もそれで両想いになれたわけはなく、ただの懐かしとして処理された。一応、連絡先は交換してその日は別れ、しばらく、年賀状のやり取りだけが続いたのだった。

3年目の年賀状に〝結婚しました〟という手書き文字を見つけた時、僕の中でようやく終了したが、さらに数年後の（それが最後となる）年賀状を見て、ハッとした。初めて知る君の家族の集合写真であった。何と、そこに並んでる娘の顔がホント、小学生の頃の君にソックリで、初恋の思い出が再燃。

その娘が初恋代行人として登場する歌を書き加えた。

初恋のキミ

ラスト・メッセージ

　人生の3分の2はいやらしいことを考えてきた。

「あぁ、楽しかったァー」

と、思わず言葉が漏れる時、それは友達と意気投合した日であり、彼女と肉体合体した日であり、もっと些細なことであっても、互いが楽しいと思えたことが何よりも嬉しい。だから、最後の一言は人生を総括して、「あぁ、楽しかったァー」にしようと決めた。それは何も〝終活〟の一環ではない。随分、昔から考えていたことだから。

　この先もいろんなことがあるだろうし、決して楽しいことばかりじゃないことは分っている。でも、ここは多少、嘘が入ってもそう思い込む気持が大切だ。

「今は、めっちゃ苦しくてしんどいけれど、あぁ、楽しかったァー」では、重要な箇所を言い切れず死んでしまう。そこは無理してでも、今の感情や、この世への未練など言わぬよう心掛け、終り良ければ全て良し方式に乗っかってみるつもり。

　もし、死ぬ寸前、まわりに誰もいなかった場合も考えて、そこは今まで腹具合ばかり気にしてた満腹中枢に「あぁ、楽しかったァー」と、人生の方も十分、満腹だったと伝えることにしよう。

でも、心配なことは、それに決めた頃、僕はまだ、若くて覚えてられる前提だったこと。その後の老いるショックでスラッと出るか自信がないのである。

〝えーと……何だっけ？〟

言う機会は一度っきり。思い出せないようでは計画が台無しだ。それに今は頭に焼き付いて離れない、「ドルチェ、アーンド、ガッバーナァ〜♪」が、メロディを伴って出てきてしまう危険がある。あくまで僕の最後の一言だから、それではちょっと困るんだ。

ここはやはり、日頃から言い慣れ、口癖にしちゃうのが一番であるが、先日もタクシーを降りる時、取り返しのつかない大きな声で、「ごちそうさまでしたァー！」と、運転手に言ってしまい、そそくさと路地に逃げ込んだばかり。どうやら昔から満腹中枢とは仲が良過ぎで、それに勝てる口癖にするにはもう、時間が無い。

「あぁ、気持ち良かったァー」

このセリフは、昔つき合ってた彼女が行為を終えた直後、さっきまでのアヘ声はどこへやら、至ってしっかりした口調で放ったもの。当然、言われて悪い気はしないわけで〝そりゃ良かった〟と当初は喜んでたけど、回を重ねる度に〝口癖かよ！〟とツッ込みたくなるほど同じセリフで、何だかとても心配になったものだ。

「なぁ、本当に気持ち良かったぁ？」

「うん。こんなに気持ちいいこと他にないもの」

その返答が少し気になったのは、こんなに気持ちいいことが主語であったことだ。取り様によっては、こんなに気持ちいいことをしてくれる相手なら、別に僕じゃなくてもいいとも取れるからである。

以降、それをベッドで耳にする度、とても複雑な心境になったものだが、所詮、恋愛もノイローゼ。独占欲ってやつの仕業だった。別れてからもしばらく〝今頃、どんな男に言ってるんだろう?〟と、ジェラスガイは続いたけど。

今は君のセリフがヒントとなった最後の一言を何故、あの時、毎回、お返しに言わなかったのか悔いが残る。そうしてればすっかり口癖になってこんな心配せずに済んだのに。

『香水』作詞・作曲：8S

駄ジャレ大好き

人生の3分の2はいやらしいことを考えてきた。

若い頃、あんなに嫌ってた駄ジャレが、やたら口から飛び出すようになった。特に似たような歳の者と喋ってる時が顕著だ。

「いやぁー、もう、シコラス・ケイジだよ」とか、そんなの。

駄ジャレを説明するほど虚しいことはないけど、ちなみにその出典は、ニコラス・ケイジ（米俳優）で、自慰行為の（シコる）と、捩《もじ》っているのである。

つまらないでしょ？　自分でも分っているのに何故、言ってしまうのか？

かつては考えついたとしても、決して漏らさず、〝この人、ダメだわぁー〟と、思われないためにも、そこは確固たる意志を貫く。それがヤングというものだったはず。しかし、いつの間にか、とうの昔のヤングとなり、駄ジャレを口に溜め込むと、口臭の原因になるなどと御託を並べる。

「口でして貰いたいのはフェラ・フォーセット・メジャーズでしょ」

もう、敢えて説明はしないが、単なる駄ジャレに止まらず、エロを加味する仕末である。

本来ならここで、「もう、お前、死ねよ！」のツッ込みが入って然るべき現場だが、何せまわりは似たような歳の者ばかり。

「それ、いいっスねぇー」と、誉められることもあって、気持ちはさらに増長天なのだ。

結局、エロ駄ジャレ合戦でその場を終え、寝る前に思う〝今日は何したっけ？〟に、一切、記憶は蘇らない。そんな余生って、如何なものか？

気付いたのだが、駄ジャレが大量に出るようになってから、あちらの方の量が激減した。これはまだ、世界の医学者もレポートをまとめていないことだろう。

あちらとは、若い頃、散々、僕を奴隷のようにこき使ったマラのことである。

マラ（魔羅）は、男根の意として定着しているが、そもそもは釈迦が悟りを開く禅定に入った時、その瞑想を妨げるために現われた悪魔のことである。

そんな不埒なモノを生れながらにしてブラ下げてきた男は、人生のほとんどを葛藤に費してきたといっても過言ではない。しかし、ようやくではあるが、老いるショックの効能でマラも枯れはじめ。うーん、すまん！　この出典はかつて、クレージー・キャッツのリーダーだった〝ハナ肇《はじめ》〟である……

かと言って、出ないわけじゃない。少量ではあるが出るには出る。これがマラの曲者たる所以だ。

〝負けないでもう一度、頑張りましょうぜ、だんな〟

長い人生、何かにつけ励まされてきた気がするが、こいつの言うことだけはもう信用しない。

〝ブーゾクでもいいじゃないっスか。たまの行為、お天道様も目を瞑ってくれますって、だんな〟

マラにとっちゃ自慰より挿入。そこで快楽を思いっ切り貪りたいわけだ。

「ねぇ、ねぇー、いっぱい出してぇー、ねぇー！」

若かりし頃、エクスタシーが近づくと彼女はいつもこう叫んだものだ。アパートの部屋の壁は非常に薄く、ドンドンドンと隣人が叩いてくるが、もう、どうにも止められなくて、そのままフィニッシュ！
「たくさん出たね」と、言って彼女は自分の腹の上を見て微笑んだ。僕はその時、すっかり誉められた気になり、ホメイニー師ってか……
〝おい！　もう、お前、死ねよ！〟

シミズ、シミーズ、シュミーズ

人生の3分の2はいやらしいことを考えてきた。

「おい、パンス、あらへんがな」と、父親がよく風呂上がりに言ったセリフ。関西で生まれ育った僕にとってその呼称は極自然だったし、パンツの最上級ぐらいに考えていた。

「おい、シミチョロしとるがな」

これも母親に向けて注意を促すように言ったものだが、より分り易く解説すると、〝シミズがスカートの下からチョロッと出ている〟の意である。

僕はあの事件が起るまで、父親の言うことは全て正しいと思い込んでいた。

ある日、高校のクラスメイトが「最近、うちの家、千本通りにパン屋始めよったんや。6時過ぎに来たらタダでパン食わしたるさかい」と、言った。

その頃、僕は美大進学を目指し、偶然にもパン屋の近くの予備校に通っていたもので、よくご相伴にあずかった。

当初の目的は店番をしてた友達と店を閉めた後のタダパンにあったが、ある日、シャッターの透き間をこじ開けて「カヨちゃんにもタダパン食べさせてぇー」と言って入って来たタンクトップにホットパンツ姿の女子にすり替った。

先ずはそんな内部機密がどうして漏れたのかだが、何度か会う内に彼女がそのパン屋の2階にあるアパートの住人で、夜な夜なむさぼり食ってる我々を目撃してたことも分ったし、昨年、静岡から出て来て京都の大学に通ってること、それに、今つき合ってる彼氏のアダ名が「おっちゃんって言うねん」まで聞かされ、一目惚れしてしまった僕としてはかなりガッカリだった。

「ジュンは将来、アーチストになるんやろ」

予備校でけちょんけちょんに貶された僕のデッサンを奪い取って言う。

「なれるかなぁ……」

来年、美大に合格する確率すらゼロに等しい。店の前でタバコを吹かしながらそう答えると「カヨちゃん、おっちゃんと別れてジュンとつき合おうかなぁー。だって、カッコエエやん、アーチストって」と、言って笑った。

「ホ、ホンマ!?」

それは今思うと、童貞を弄ぶセリフのひとつだったに違いない。

「なぁ、今度、アパートに行ってええ？」

僕が鼻息荒く言葉を続けると、彼女は「内緒やで友達には」と、予め断りを入れて日時

を言った。当日が来て、僕は忍び足でパン屋の脇にある鉄柵の階段を登った。そして、部屋のドアをノックしたら、「なぁ、来るの早くない？」と、言いながら彼女が顔を覗かせた。

「ま、上ってよ」

その気だるい言い方はいつもと違った。それに彼女のカッコときたら……

リバイバル上映で観た『日曜はダメよ』の娼婦イリヤそのものじゃないか。ノースリーブのその、てろてろした生地は正《まさ》しく、「シミズでしょ！」と、思わず口走ったら、「何？　シミズって……コレ、ネグリジェよ、違うから」と、彼女は訂正した。

「シミズやて、それ」それでも僕は疑った。

「シミズって、次郎長じゃないんだから（笑）。それ言うならシュミーズでしょ」

その後、彼女は「キスだけならいいよ」と言って、させてくれたのだけど、以降、父親の言うことが全て正しいとは思わなくなった。

P.S. それに最近はキャミソールってやつもあるでしょ。誰か違いを教えて！

チンとレツ

人生の3分の2はいやらしいことを考えてきた。

「お前、ワイセツブツチンレツザイって知ってるけ?」と、中学校の昼休み時間、クラスメイトのIが聞いてきた。その頃、Iは僕が知る限り、世界で一番エロ話を振ってくる男だったので、当然、いやらしいことに違いないとは思ったが、「知らんけど」と、すぐさま返した。

Iの場合、エロに関してはやたらプライドがあって、こちらが知ったかぶりするとムキになる傾向があったからだ。

「大体、分るやろ? ヒントが入っとるんやし」

Iはいつものドヤ顔となり、「わぁいせぇつぅぶつぅチンレツざぁい」と、今度はバカに教えるみたいにヒントであろう箇所を強調し言った。

当然、最初聞いた時から〝チン〟の部分は気になっていた。僕が、「チンやろ」と、呆れたように答えると、「それでは半分しか点やれんな」と、Iは教師のような口振り。大層、ムカついた。

『人生エロエロ』、こんなタイトルで連載を続けさせて貰ってる輩が今更だけど、僕は昔からエロ話が余り好きじゃなかった。むしろ、それは愛への悪口とさえ思ってる。

先日、連載ページご近所様の宮藤（官九郎）さんが対談中に「オレはみうらさん以外には余りエロ話はしませんね」と、言ったもんで、「そりゃオレだって同じですよ！」と、少しムキになって返したのも、あくまでエロ話は先方に合わせているだけというスタンスを取りたいからだ。

その先方がこの場合、エロ話キングのIであって、「チンのすぐ下にもう一つ、ヒントが隠されとるのになぁー、分らん？」と、残念そうな口振りで言ってくる。

「レツ？」

「やな。通称、裂け目とも言うな」

〝えーっ!?〟

これは流石に気付かなかった。「で、チンとそれがザイって何やねん？」「ザイは罪や。この二点がそもそもワイセツブツやいうことなんやわ。ホンマ、人間って罪深いねぇー」

単なるエロ話と思いきや、何だか法話のよう。その日は納得して家に帰ったが、やはり、どうも疑わしい。これまでにも随分、Iからはエロに関する誤報を聞かされてきたもんで、辞書を引くことにした。

わいせつ【猥褻】、特にせつ、画数多過ぎ！　てっきりカタカナだと思い込んでたもので少し、戸惑った。㊀人前でみだらな行為をしたり隠すべき所をわざと出して見せたり、のぞきこんだりして、いやらしい様子。「—行為・—罪」などと書かれていた。

そこまではIの言わんとするニュアンスに近かったが、問題は〝チンとレツ〟の方である。

しかし、僕はその時点で大きな誤りを犯していた。その二つをまるで、サイモンとガーファンクルのように捉えてしまっていたので、いくら辞書を引いても当然、そんなコンビ名など出てこなかった。

だから、陳列ケースという名称の真意を知るまで少し時間を要したのだ。

猥褻がカタカナ表記となり、そういった話を人前ですることを、Y談としたのも時代の流れである。しかし、いつまで経ってもエロはママ。そこをE談としないのは、国鉄がJRに変わる時、E電という愛称の普及率がすこぶる悪かったせいであろうか？

白亜のキャッスル

人生の3分の2はいやらしいことを考えてきた。

〝大人って何だろう？〟

結局、大人は子供の成れの果て。成人式を迎えようが、それがデビューではないはずだ。

何かの辞書が貰えるとかで、いじましいな。大学のクラスメイトたちは喜び勇んで成人式に出席してた。一度、誘われたが、僕はいつもの調子で寝坊。

「何やってんだよお前。しっかりしろよ」と後日、居酒屋で〝もう大人〟気取りのSに、上から目線で言われた。その話がいつの間にやら、「お前はまだ、女の魅力が分ってないな」の説教に変わり、「それくらい分るよ」と、言い返すと、「じゃ、どこ？　どうせお前はオッパイ紀をまだウロチョロしてんだろ」などと、小馬鹿にした口調で言ってきた。

〝オッパイ紀って何だよ？〟

しばらく黙っていると、

「白亜紀、ジュラ紀、三畳紀と、恐竜が生きていた時代には分類があるだろ」と、Sは何だか脈絡のない話を始め、「それと同じく男にも、その成長過程でオッパイ紀、女性紀、お尻紀と、嗜好の変遷があるわけよ」と、得意気に持論を述べた。

たぶん女性紀は、器に引っ掛けたのだろう。悔しいがちょっと笑った。

「ま、お前もも少し大人に成れば分るだろうけどな」と、Sはいい調子で、今度は、「じゃ、クラスのK子の魅力はどこだ？」と、聞いてきた。

〝K子？〟

一瞬、頭に浮かばなかったくらい印象の薄いコ。セクシーなどほど遠い彼女を何故、Sは例えに挙げたのか。

「分らん。一度も気にしたことないから」と、答えると、「おいおい、しっかりしろよ。さっき言ったろ。お尻に決ってんじゃないか！」と、言葉を強めた。

流行の先取りにやたら敏感だったS。よくもまぁ、あんな地味なコのお尻の良さを見出すなんて。これはもう大人というか、もはやエロオヤジの域。今更、遅いが、こんな奴と飲みに来たことをとても後悔した。

「なるほどな、今度、改めて見てみるよ」

早くお開きにしたいのでテキトーに返すと、Sは「それはちょっと困る」と、言って何故か苦笑した。よくよく聞いてみると、何のことはない。今、K子とつき合っているのだという。何だ、自慢話なのかよ！

Sは1年後、ちゃっかり大手企業に就職したが、僕は学生気分のままフリーランスの道へ。それからはすっかり疎遠となっていたが、久しぶりに飲みの誘いがあり、つい魔が差した。Sに指定された場所に行ってみると、そこは高級バーで大層、驚いた。

会ってしばらくの間は、なつかし話で盛り上ったが、夜も深くなるにつれ、同席したNから自慢話が飛び出した。昇進した話や、部下のコと当時、話題だったラブホテルに行った話など。聞き流せばいいのだが、「お前の方はどう?」と振ってくるもので、何だか引け目を感じ、その都度、口籠った。

Sは退屈そうな顔で突然、「ちょっとヤボ用が入って」と言って、そそくさと店の勘定を済ませた。「またな」

僕はトボトボ駅までの道を歩いた。その時、夜空に白く輝く大人のお城、ホテル目黒エンペラーを発見。〝ここか、あいつが行ったのは〟と、羨ましくもありしばし足を止めた。

それって愛なの？

人生の3分の2はいやらしいことを考えてきた。

たまにジョンとヨーコが行為中に現われて、「あなた、それ愛じゃないでしょ？」と、聞いてくることがある。もちろん、僕の心の中でだけど。

ジョンは髭面の長髪で、お馴染みの丸メガネをかけていて、ヨーコさんはツバの大きな帽子を被っている。どちらも結婚式のような白い衣装だ。

最初は少し離れた所で二人、傍観しているので、僕は出来る限りそちらに顔を向けないようにしてた。

気が削がれるというか、今やってる行為が何だかとても虚しく思えてくるから。いろんな体位に変えるのもこのせいで、少しでも正気に戻ることを恐れてるのである。

獣化すると、つい、ないがしろになるのは愛の部分。彼女が喘ぎ声に織り交ぜ聞いてくる「ねぇー、私のこと愛してる？」に、どう返せばいいか、ドギマギしてしまう。

「ああ」じゃ、余りに素っ気ないし、かと言って「おっしゃる通り」も何だかな。ここは倍返し「愛してる！　愛してる!!」が、妥当だろうと、叫んでみるが、今度はものすごい至近距離で「あなた、それ愛じゃないでしょ」の声を聞く。

特にフィニッシュ寸前はキツイ。でも、ついつい考えさせられてしまうのは、僕の後ろメタファー故。射精後の脱力感は、愛を偽った報いなのかと思ってしまう。

ジョンとヨーコはベッドの上に土足で立ち、悲しそうな目で僕を見下している。二人のレコードは何枚か持ってるし、ファンとしては大変困った状況だ。

「LOVE&PEACE」

ジョンは口元に微笑を浮べ、右手でピースサインを作って見せた。

僕は愛を、人間が生み出す煩悩、愛着や愛欲として捉えてる。そうじゃないことは薄々、分っているつもりだが、獣化するとね。

「だって、ジョン。英語でも〝make love〟なんて言うんでしょ、性交のことを」

「ダケドネ……」

「違うのよ。私たちの言ってるラブは、日本語では、そうね、慈愛かしら」

〝慈愛〟、それは仏教の概念で、人々に友愛の心、慈しみの心を持つこと……

大概、この僕の幻想はこのあたりで毎回、少し頭が痛くなるか、突然、睡魔が襲ってきてお終いなんだけど。

そんな心の葛藤が起っているなどつゆも知らず、彼女はいい気なもんだ。もう、寝息を立てている。

僕はしばし、眠い目を擦りながら考えた。これじゃ、ゲロッパ！　セックス・マシーンじゃないか。そうじゃなく、愛の真意を説き、導いてくれるヨーコさんのような知的女神・ミューズとの出会いが僕には必要なんじゃないのか？　と。

でもどーだ？　僕の横で露わに裸体を放り出し熟睡してる彼女ときたら。バカな夢でも見てるのかニヤニヤしてやがる。

人生の岐路なんて、そんな大層なものじゃないけど、選択に迷って彼女に相談したことがある。「ふーん」と気の抜けた返しの後、「よく分んないけど、好きにすればぁー」。何だか聞いて損した気になったものだが、いや、待てよ。ミューズも何転かするとあんなぶっきら棒な物言いをするのかも知れない。確かにあの時、好きな道を選んだから今の僕があるわけで……

僕は急に優しい気持ちになり、彼女のニヤついた寝顔にそっと「愛してるよ」と囁いたんだ。

叫べ、若人たち

人生の3分の2はいやらしいことを考えてきた。

幼い頃から仏像好きで、うるわしの奈良へ幾度となく足を運んだ。観光地としても有名だが、街中を少し離れると流しのタクシーがほぼ、ない。だから、寺巡りには前もって帰りのバスの時刻表を確認しておく必要がある。中には1日に数本なんて所もあり、時刻表ならぬいくら待てども来ない地獄表が存在するので気を付けられたし。でも、その不便さも含めたところが奈良のうるわしたる所以だと僕は思うのだけど。

前乗りで奈良入りしたのは、翌日の昼に生放送の出演があったからだ。

鄙《ひな》びた里の寺を地元テレビのアナウンサー（男）と巡る番組なのだが、当日は朝早くからオープニングの畦道を歩くシーンのリハ。〝じゃ、もう一度〟、カメラの脇に立つディレクターからイヤモニを通して指示が入る。

（アナ）「いやぁ、実に静かな佇《たたず》まいですねぇ」

（みうら）〝一言あって〟

（アナ）「今日はみうらさんと奈良時代に思いを馳ちぇながら……」

全国放送は初めてらしくそのアナウンサーは緊張の余り何度も言葉を噛んだ。その度、歩き出しの位置に戻される。

「いやぁ、実に静かな佇まいですねぇ」「本当、静かにもほどがありますね」

〝みうらさん、そのコメント以外でお願いします〟

もう、何度もやらされふざけたことが言いたくなっていた。

「不慣れなもんですいません」ー、アナウンサーはYシャツの背中に汗を滲ませ謝った。

「こちらこそ」

ようやくリハを終え、少し離れた所に止ったロケバスの中でしばし、休憩を取っていると、「そろそろ本番です」の声。再び現場に戻ると、先ほどと様子が違ってた。田んぼの向うに見える建物。どうやら校舎だったようで、窓から顔を出した大勢の学ラン姿の生徒たちがこちらを見てわぁわぁ言っているのである。

なるほど、昼休み時間に入ったんだ。僕はちょっと嫌な予感がした。

〝それでは本番まで5、4、3――〟

「いやぁ、実に静かな……」

思わずセリフをフライングしてしまいアナウンサーは次のきっかけを失った。

〝早く早く!!〟

「いやぁ、実に静かなですねぇ」ー、うーん、そこで約《つづ》めちゃったか。慌てて「佇まいです

ことねぇー」と続けたので、おネエ言葉みたいになった。もう、頭が真っ白になっているのだろう。その間も学生たちのガヤ声は止むことなく、僕は「決して静かじゃないですけどね」と、コメントした。

次にガヤ声は一つとなって、「セーックスゥ〜〜!!」という絶叫に変った。そして、次第に早口となり、手拍子も伴ってシュプレヒコール化した。

「セックス！　セックス！　セックス！　セックス！」

関西圏では古くから大人のつまらない気取りや予定調和に対し、その類いの単語を浴びせる風習があった。僕も学生時代、何度かやった覚えがある。

これは完全に局側のリサーチ・ミス。とうとうやり返される番が回ってきたんだ。これすなわち、仏教で言うところの〝因果応報〟。

仕方がない。気の済むまで浴びせておくれ。その時、ディレクターから〝早足で進め〟と指示が出た。

元気なじいさん

人生の3分の2はいやらしいことを考えてきた。

老いるショックの影響で、最近やたらと爺さんのことが気になる。

特に白髭を生やした爺さんの写真。雑誌などで見つけると即、切り取ってスクラップ帳に貼る始末である。

そうなると、かつて爺さんの名をほしいままにしていた2トップ〝花咲かじいさん〟と、〝こぶとりじいさん〟の絵本も押さえたくなって、先日、取り急ぎ後者の方を買ってみた。

昭和34年に刊行されたらしい古本。表紙の隅に〝2才—4才〟と書かれてあるが、こんな不気味な絵柄を幼少期に見たらトラウマになること必至である。

ストーリーは大体、知っているけど、今回は改めてそのじいさんぶりを検証すべく読み進めることにした。烏帽子を被っているので頭部の全容は分らないが、そこからはみ出した髪は白。厳密に言うと少しグレイも混じっている。眉毛は完全に白。こぶを強調するためか、白髭は生やしていない。

額と目尻に同じく二本、皺があるが、首筋にはなく、肌艶が実にいいのが気にかかる。

森へ柴刈りに行った途中、夕立ちに遭うじいさん。

木のほら穴へ避難するのだが、後に鬼たちの宴会を目撃することになる。

その時の横顔の絵。カッと目を見開き驚きの表情。眼光は鋭く、加齢による眼瞼下垂《がんけんかすい》はない。片膝を立て、身を乗り出すように外の様子を窺っているポーズは、まだグルコサミンやコンドロイチンを必要としない丈夫なものだ。

宴もたけなわ。鬼たちが踊り出すのを見たじいさん。〝こわいのも　わすれて　ほらあなから　とびだしました〟。そして、満面の笑みで鬼の前、かなりのオーバーアクションでダンシング。踊りが大好きだったとはいえ、〝よが　あけて、おじいさんのおどりがおわりました〟って、オールナイトぶっ通しかよ！

2才―4才は騙せても、これはいくら何でもおかしい。じいさんは一体、いくつなんだ？

人生百年時代の今と比べれば、当然、この童話が書かれた頃の平均寿命はうんと短かい。

それに従い、じいさん呼ばわりも前倒しになっていたのでは？

昭和に入っても、サザエさんの父親・波平があの老けたルックスでまだ54歳の設定。これは、こぶとりじいさんが波平よりも年下の可能性だってある。

〝花咲かじいさん〟も枯木に花を咲かせた際、難無く木の上に登っていたことを考えると、ルックスだけで齢を判断するのは無駄と言えよう。

〝こんなにおもしろい　おどりは　いままでみた　ことが　ない〟鬼の大将の感想からしてもこぶとりスタイルのダンスが相当、ファンキーなものだったことが窺える。

明日の夜も来てくれと、依頼を受けるほど。その引き替えとして、ほっぺのこぶを一時預かっておくと鬼に言われたじいさん。すっきりした顔で帰宅。

「朝帰りかよ！」の嫌味も言わぬ妻は、絵でこそ白髪のおばあさんだけど、差し詰め今なら〝熟女〟くらいの年齢に違いあるまい。

じいさん同様、肌艶がやたらいい。夫のニューフェイスを指さし、笑い合っている。さては、夜の方も現役バリバリだな。大概、仲のいい夫婦はそういうものだ。

その姿を垣根の向うから見てるよくばりじいさん。こいつに至ってはどう見ても40代前半ぐらいの顔をしてやがる。

地獄の死後取材

人生の3分の2はいやらしいことを考えてきた。

かねてよりマイブームの一つであった〝地獄〟。存在するか否かは死んでみないと分からないが、大体どんな所であるかぐらいは生前から把握しておいて損はないと思ったのだ。『人生エロエロ』なんて、自ら、罪状を明かしてるような僕は差し詰め、八大地獄の中でも、三番目の階層〝衆合地獄〟に堕されることになっている。

ある本によると、ここでの生活は106兆5800億年にも渡り、全身を切り刻まれたり男は睾丸を引き抜かれたりするらしい。

いや、僕の場合、飲酒の罪も加わるので、それより重い〝叫喚地獄〟の可能性がある。刑罰は体を切り裂かれ熱した鍋で炙られたり焼かれたりするんだってよ。どちらにせよ、お先は真っ暗である。

5年ほど前、そんなことを綴った連載をやっていて、編集者と新潟まで一泊の取材旅行に出掛けた。そこには遺体を火葬するための炉を製造している会社があって、何はともあれ先ず、予習はそこからだろうということになったのだ。「中に入れて貰っていいですか?」と、係の人にお伺いを立てると、「生前から入った人は長生きすると言われてますよ」とおっしゃり、入炉を許可された。

当然、立ち上がれない狭いスペースであったが、何だか母親の胎内に戻ったようで居心地は悪くなかった。気になったのは頭部の上にある穴。「これは何の穴なんですか?」と聞くと、「そこは火炎放射器を入れる穴です。なかなか焼けないのは頭部ですからね」との回答に「はぁ」と、思わずため息が出た。

もう死後の予習はこれで十分である。その夜、編集者と街に出て夕食を取った。

「ちょっと気も滅入りましたんで、これからキャバクラにでも行きません?」と誘われ、せめて明るい娑婆の思い出にと同行した。飛び込みで入った裏路地の店。不景気なのか、客は一人もいなかった。

暇にしてたキャバ嬢四人が全員、僕らの席に着き、とても嫌な予感がした。

「東京から来たんだって」

そんなことしか話題がなく、やたら若いキャバ嬢たちは一向に場を盛り上げることをしない。要するにこんなオヤジ二人では不本意なわけだ。

業を煮やした編集者が、「この人、誰だか知ってる?」と、僕を指して聞いたのがまたいけなかった。

「え? 芸能人!?」「な、わけないっしょ」「だよね」

と、僕に羞恥の刑を科してきた。

もう、その時点で話は流すべきだったが、「君たち、当然、マイブームって言葉、使ったことあるだろ。広辞苑にも載ってるんだから」

と、言わなきゃいいのに編集者が最後の切り札を出した瞬間、「聞いたことあるけど、使ったことないよ」だとか、「だってダサイもん」だとか、好き放題言って、最終的に一人のキャバ嬢が「死語でしょ、それって」と、トドメを刺した。

もう、僕にとっちゃここが正しく地獄状態。

「実はその言葉を作ったのが――」

この期に及んでまだ説明を加えようとする編集者の腕を摑んでお勘定を促し、店を出た。「いやぁ、散々な目に遭いましたね」って遭わせたのは誰だよ！　でも、死後取材で死語呼ばわりか。出来過ぎの話にちょっと笑った。

ふしぎな失せ物

人生の3分の2はいやらしいことを考えてきた。

連日のように飲み歩いてた時代、仕事の打ち合わせもよく居酒屋でした。

とはいえ、それは初めの内だけで、酔っぱらい始めるといつものバカ話。そうこうしてる内に「あいつも呼ぼうか」なんていうのがいつもの流れで、気が付くと座敷席がいっぱいになってることもあった。

仕事はさておき、先ずその相手と親しくなること。

それが僕のモットーだったから。

宴もたけなわ。立ち上り「朝までやるぞォー!」と、かつて吉田拓郎が野外ライブで叫んだようなセリフを吐くことも度々。でも、大概の場合、終電が迫るとお開きとなった。

その夜も結局、打ち合わせと称して来た編集者のK君と僕だけが居残り、「もう一軒くらい行く?」って話になった。

歌舞伎町まで出て、よく行くスナックに入ったのだが、カウンターに二人並んで座ると、いきなりママが「ねぇ、みうらさんのボトル、もう僅かだから新しいの入れてよ」

と、言ってきた。

不思議に思ったのはその焼酎ボトル、4、5日前に入れたばかりで、「もう、ないの?」と聞くと、ママは、「酔っぱらってたからみうらさん、覚えてないんじゃない?」と、笑いながら言った。何だか釈然としないが、仕方ない。新たにボトルを注文した。

「みうらさんからキープボトル入りましたぁ〜」

そのママの素っ頓狂な声は4、5日前と全く同じ。よく覚えてた。

そこで1時間ほど飲んだだろうか。途中でK君がカウンターに突っ伏して寝始めたので、僕は勘定を済ませ、「もう帰ろ」と彼を揺り起こし店を出た。

それから大通りに出て、別れたのだが、僕はタクシーを拾い、つき合っていた彼女の家に向った。

突然の訪問は今夜に限ったことではない。それでも毎回、「また酔っぱらってるぅー」と、言って笑顔で迎え入れてくれる彼女がとても愛しかった。

そのままベッドに雪崩れ込み、事を始めようとしたのだが、その夜に限って彼女の「ちゃんと着けなきゃしてあげなぁーい」のセリフが出なかった。

毎度、コンドームの着用は義務付けられていたので、手元にないと少し遠かったがコンビニに走ったもの。一時期、財布に忍ばせてたこともあったが、せいぜい入って二個。それでは埒が明かない日もあり、先週、「悪いけどこの部屋のどこか人目につかない所に一箱、キープさせて貰えないか」と、申し出たばかり。

だから、彼女は敢えてあのセリフを言わなかったんだと思った。

僕は一旦、ベッドを出てその隠し場所に行ったのだが、いくら捜せど、見当らない。

「ここじゃなかったっけ?」と、振り返り彼女に聞くと「いや、そこだけど、もうなくなったんじゃない」と素っ気ない返事。「いや、まだあったって!」「酔っぱらってて忘れてんじゃないの」

それから数日後、またあのスナックに行った。ママは「あん時、K君がいたから言えなかったけど、あの人、最近ちょくちょく来て、みうらさんのボトル飲んでんのよ」と、チクった。この場合、それを許したママも共犯だろう。以来、僕は似たケースとして、あのコンドームの一件をさらに疑い出した。

王様の命令

人生の3分の2はいやらしいことを考えてきた。

もう、随分前の話になるが、巷で〝王様ゲーム〟というものが流行《はや》っていると聞いたことがある。どうやらコンパとかで、調子こいた若い男女が夜な夜な行っているというが、僕はコンパ自体に誘われたことが無かったのでよくは知らない。

それでもその名称は妙にソソる。いやらしい匂いがプンプン漂っているからである。今のようにケータイがあれば、すぐにその概要を知ることも出来ようが、何せアナログ時代のリクレイション。コンパをやってそうな奴に聞くしかなかった。

「あぁ、王様ゲームのこと？　ありゃ楽しいぞ」と、友人は上から目線で言った。

「割り箸の片方の端に印を付けた一本があるわけよ。それを引き抜いた者が王様に成れるわけ」「ほーう」「で、そこにいる誰かを指名して、召使いにすることが出来るわけよ」

やっぱり思ってた通りだ。

「で、どんなことでも命令していいわけだろ？」

僕は思わず身体を乗り出し聞いた。

「まぁな」「そりゃ当然、男が王様になった場合、居合せた女を指名するんだろ?」

「まぁな」

友人は途中から気乗りのしない返事ばかりで、ちっとも具体的な例を出してこない。不思議に思って、「本当にやったことあんの?」と、問い詰めると、「やったことあるって!」と、ムキになったが、「そん時は男だけだったから」と、白状した。

差し詰め、タバコを買いに走らせたとか、そんなつまらん命令だったに違いない。〝ありゃ楽しいぞ〟なんて、よくも言えたものだ。でも、大体のことは分った。僕はその夜、彼女の家で王様ゲームをすることに決めたのだった。

「割り箸? あったかしら」

彼女はそう言うと台所に行って捜してくれた。

「何すんの?」

僕は「後のお楽しみ」と言って背を向け、割った一本の方にペンで印を付けた。

「さぁ、どっち選ぶ?」と、目の前に差し出したが、「何のつもり?」とまだ訝しがったので、僕は「知らない? 王様ゲームって」と、得意気に返した。

「え? 王様ゲームって大勢でやるもんじゃないの?」

彼女は呆れたように言って笑った。

「でも今は二人なんだし、仕方ないだろ。ほら、どっちにする?」

　僕が急いていたのには理由がある。男なら誰しも一度は見たい〝裸にエプロン〟を彼女にして貰いたかったから。何も、変な衣装を買って、着てくれと言うんじゃない。しかも見慣れた彼女の裸。その上にエプロンをちょっと着けるだけ。そのくらいの命令は聞き入れてくれなきゃ。だって、こちとら王様なんだぜ。

「やった！」と、その時、彼女は印のある方を引いた。「コレ、私が王様ってことでしょ？」

「まぁな」

　こんなことなら初めからズルしておけば良かった。彼女の命令は風呂も含めた部屋の掃除。「勝負が終ってからする」と、願い出たが、聞いて貰えなかった。汗だくになっての二度目のチャレンジ。

〝やった！〟

「裸になってもいいけど、エプロンなんてないよ」の言葉に、大層、王様は嘆き悲しまれたとさ。

四匹目の猿

人生の3分の2はいやらしいことを考えてきた。

いわゆる世間で『三猿《さんざる》』と呼ばれているもの。

〝見ざる、聞かざる、言わざる〟と、昔からラップのように韻を踏んでいて親しみがあるが、実際には三猿以外にも猿の彫刻は全部で八つ存在するという。

三猿が日本に伝わったのは八世紀頃。中国に渡った天台宗系の留学僧が持ち帰ったものとされるが、その源流は未だ不明。古代エジプトとする説もある。日本では日吉大社を本尊とし、猿を神使とする山王信仰と結び付く。庚申信仰も（文字中に〝申《さる》〟があることから）、主尊の青面《しょうめん》金剛を描く際、その足元に三猿を配置するようになる——

などといったウンチクを熱く語っていたところ、「そんな話、どーでもいい！」と、彼女の機嫌がすこぶる悪くなった。

そもそもは鬼怒川温泉に向う車中、彼女が日光東照宮に行ってみたいって言い出したもんだから、僕はその予習として三猿の話をしたまでのこと。左甚五郎作の『眠り猫』が有名だけど、三猿も要チェキだと思ったから。

つき合い始めた頃から彼女がそんな話、苦手なことは分ってはいたけど、つい夢中になると〝言わざる〟を忘れてしまうのが僕の悪い癖。

「うわぁー! すごい紅葉だねぇー」

ここはどうにか挽回しようと、現地に着くなり大袈裟に言ってみたが、ここでも彼女の反応はなかった。今度は「ねぇ、昼ごはん何にする?」と、振ってみたが同じく沈黙で、「俺はカツ丼かカレーだな」などと、自問自答スタイルを取るしかなかった。

拝殿が見えてきた。僕は何度か訪れているので、それよりその近辺の土産物屋の方が気になって仕方ない。出来れば全店回って新種の三猿グッズをゲットしたいところだが、機嫌が直ってない彼女に言い出す勇気はなかった。

いよいよ問題の三猿の彫刻がある社の前に出たが彼女は全く〝見ざる〟で、当然、付加の説明など〝聞かざる〟だろうから僕は黙ってた。

一応、その先の眠り猫も見に行ったのだが、彼女の表情は常時、能面のように冷たく、こんなことならやはり直、鬼怒川に行けば良かったと後悔した。

「ハラ減ったよなぁー」と、努めて陽気に言って適当な食堂に入る。注文の品が来るまで僕はトイレに行くふりをして店を出た。そして、急いで二、三軒の土産物屋を見て回ったのだが、ある店先で三猿ならぬ、珍しい四猿の置き物を発見! 喜び勇んでそれをレジに運んだ。

「ねぇ、トイレじゃなかったの？」

食堂に戻ると既にテーブルにはカレーと彼女の注文した蕎麦が並んでた。

「それがさぁー、大収穫！　スゴイものを見つけたよ」と、僕がまた夢中でその四猿を差し出したのもよくなかった。

「サイテー！　やらざるって」と、彼女は四猿目を指さし半笑いで言った。

よく見ないで買ったので、それがどんなポーズを取っていたのか僕には一瞬、分らなかった。

何だかニヤついた顔で股間を両手で押えてる猿。〝見ざる、聞かざる、言わざる〟の語呂合わせで考えると、確かにコイツはエッチを〝やらざる〟ってことになる。こんなことにすぐ気付いた彼女を僕はちょっと尊敬したのだった。

いたるところで

人生の3分の2はいやらしいことを考えてきた。

〝いたる〟というのは、その男の本名ではない。仲間内ではすっかり定着していて、本名で呼ぶ方が稀である。そんないたるから、「新居を構えたので一度、遊びに来ないか？」と、電話があった。どうやら郊外にマンションを買ったらしい。

「都心ではなかなか手頃な物件がなくてよ」などと、説明を始めたが僕には全く興味のない話。それでも一応、「へぇー」とか合鎚を打ちながら、いつ終るとも分らぬ物件捜しの苦労話を聞いていたのだが、その間ふと、いたるがいたると呼ばれるきっかけとなったあの夜のことを思い出した。

もう、10年以上も前になる。男友達数人と新宿の居酒屋で飲んだ時、どういう話の流れか覚えてないが、いたる（この時点では本名ママ）が、「俺は家でやってない場所がない！」と突然、豪語し出し、みなを驚かせたことがあった。

しかし、仲間内でも取り分け、愛妻家のイメージが強かった男だから、何も他人がそれについてとやかく言うことは出来ない。そこは酔っぱらいの戯言と軽くあしらえば良かったのだが、やはりどうも気になって仕方ない。

〝やってない場所がないは、言い過ぎではないか？〟

それはここに居合せた者全員の疑問だった。

何気ないふうを装い僕が「たとえばどんなとこでした？」と、聞いたら、「至る所！」と、返してくる。

「至る所って……」

その瞬間、まわりの大爆笑と共に、〝いたる〟が誕生したわけだ。

子供の頃のそれとは違いアダルトなアダ名（通称・アダナルト）には奥深いエロが含まれることがある。当然、いたるの妻も夫にアダナルトがあるなど知らないと思う。

「風呂の中は誰だってするだろ？」

今度は余裕のいたるからこちらに質問だ。

「ま、風呂はな」

何だか、いたるに認められたくなったのか、友達の一人がそう言って頷いた。

「当然、ＬＤＫもな」

リビング、ダイニング、キッチンをそれ目的で聞いたのは初めてだった。

「で、玄関先はどう？」「どう？　って言われても」

なるほど、至る所とはこういうことか。思いつきもしなかった場所なので妙に感心した。

「後、クローゼットな。狭いから苦労すんぜ」

苦労までしてする意味がよく分らない。

「そうそう、ベランダは覗かれてる危険があるんで逆に燃えるスポットな」

「外も有り？」

「だって言ったろ、家の至る所なんだから」

ここでも至るを強調し、「高い家賃払ってるんだから、それくらいはしないと元、取れねぇだろ、な？」と、はすっぱな言い方で僕らに同調を求めてくるのだった——

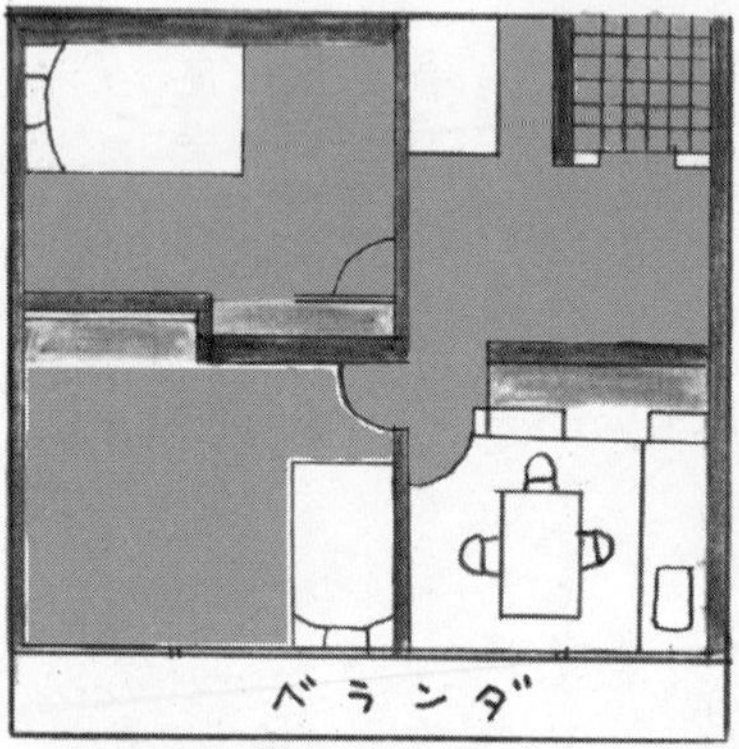

そんないたるの買った新居に友達と二人で遊びに行った。休日だったので妻と小学生の子供もいて出迎えてくれたのだが、僕らは終始ぎこちなかった。それは、当然、既に至る所でしているだろうマンションを初めて目の当りにしたからである。各部屋（夫婦の寝室まで）見せられたが、それより気になったのが子供部屋だ。帰り道「流石にそれはないだろう」と、友達は言ったが、いたるにそんなデリカシーがあるわけないと思った。

彼女と連射ナイト

人生の3分の2はいやらしいことを考えてきた。

〝愛は、認め合うこと。愛は、褒め合うこと。愛は相。無益な争いとは真逆にあるもの〟

これはジョン・レノンの歌詞ではなく、'80年代中頃、ジュン・レノン（すなわち僕）が書いたものである。

まだ、ファミコンがシューティングゲーム主流だった時代。接続したACアダプタが火を吹くんじゃないかと思うほど長時間、プレイに没頭したものだ。

取り分け僕が大好きだったソフトはハドソンの『スターソルジャー』。興が乗ると、シンセで作られたその軽快なBGMに合せ、〝あそこの毛も剃ルジャー♪〟などと口ずさんでしまうもので、彼女は呆れて「バカじゃないの！」と、言った。

それでも、厳しい局面を切り抜けクリアすると、「スゴイ！　ウマイね！」と、その時ばかりは大層、僕のことを褒め称える。

「やってみれば？　面白いから」

もはや名人気取りで彼女にコントローラーを差し出す。最初は「絶対、無理」と、言っ

ていたがその内、夢中になって僕のファミコンをひとり占め。めきめき上達しては、

「全面クリアも夢じゃないかも」

そんな軽口を叩く始末。

「それはどうかな？　俺は一度、最終ステージ手前までいってるからな。そこからがマジ、厳しいんだよ」などと、素人相手にムキになって言うのは、不安だったからである。

「じゃ、どちらが先に全面クリアするか競争しない？」と、とうとう挑戦状まで叩き付けられた。

それから「私も買う」と言い出し、ファミコン本体とそのソフトを手に入れ、彼女は自宅で猛特訓を始めたらしい。だから、「今日、会えないか？」と、電話を入れても「それどころじゃないから」と、まるで受験の追い込みみたいな言葉を返すようになった。

「おいおい、息抜きもたまにしなきゃ」と、親身になって言うも、それは真意じゃない。もうかれこれ、2週間近く会っていない。それに伴うエッチ不足。我慢も限界にきていたからである。

これはどうにかして無益な争いを終らせなければと思った。

そんな時、テレ東の朝の子供番組『おはようスタジオ』から出演依頼があった。

楽屋に通されると、そこにはアポロキャップと黄色いトレーナー姿（どちらにも蜂のマークが入った）の男が座っていて、緊張した。

当時、ハドソンの社員でもあった高橋名人なのだ。

僕は挨拶を交すと同時に、その（1秒間に16連射出来るという）腕前を見せて頂けないかと申し出た。名人はスマイルを浮かべ、机の上に腕を置き、小刻みに、かつ滑らかに指を震わせ匠の技を見せてくれた。その後、レクチャーまで受けたが、もはや時間切れ。「先日、連射コントローラーが出たからそれ買ってよ」と、名人は言い、楽屋を後にした。

僕はテレビ局の帰り、早速買って彼女に電話した。

その時、名人からもらったシール
TAKAHASHI

そして、ソルジャーの任務とは本来、協力し合って敵の要塞を破壊することじゃないのかと説いた。

翌日、1台の連射機を共用し、僕らは褒め合い励まし合い、完徹の末、遂に全面クリアを果した。そして、その感動と興奮は、戦友同士のエッチに引き継がれたのだった。

いちびる勿れ

人生の3分の2はいやらしいことを考えてきた。

曲がり道の向うから、爆音を響かせ1台のバイクがやって来る。路面電車がまだ、京都市内を走ってた時代である。高校への通学電車として利用してた僕はそれが無事に目の前を通過することを願ってた。路面にある停留場は下校の学生でいっぱい。一本、やり過ごす気で僕は側道にある商店の前で立っていた。当然、誰もそのバイクの方を見る者はいない。先方に目を付けられないよう、出来る限り存在感を消すというのがカツアゲから逃れる唯一の手段だったからである。

〝バリバリバリバリ〜〟

さらに音は大きくなった。僕は既にその場で瞑想に入っていたのでその状況は把握出来なかったが、しばらくして近場で音が止んだ時、覚悟を決めた。

それは、どう迫られてもガンジーのように無抵抗主義を貫くことだ。

〝やっぱり来た〟

まだ、目を閉じたままだった僕は、「お前、何いちびっとんねん!」の掛け声と共に覚醒した。

目の前には庇《ひさし》の大きなリーゼントヘアのヤンキーが立っていた。黙っていると、今度は僕の胸倉を摑んで、「お前、何いちびっとんねん!」と、くり返す。

ヤンキー特有の挨拶なのかも知れないが、そのセリフには流石の僕も一家言あった。ただ電車を待っていただけで、何もいちびってはいないからである。

「いちびり」とは、近畿の方言だと聞く。ふざけてはしゃぎまわる。お調子者、目立ちたがり屋の意味だ。

よほど貴方の方がいちびってらっしゃるんじゃないかと思うのだが、どうか?

でも、そんな問答は円滑にこの場を収めたいルールに反する。意を決して「なんぼ?」と先手を打つと、先方は拍子抜けした様子で「50円でええわ」と、言ってきた。

思うにその額は〝随分、勉強させて貰って〟が含まれてたのではないか?

去り際に「すまんなぁ」と、謝罪の辞まで述べたもので、僕は気持ち良くと言ったら嘘になるが、次来た電車に間に合ったのだった。

後に、京都を離れ上京した僕は、一応、漫画家としてデビューしたのだが、根っからの貧乏性なのか来る仕事は拒まず、気が付けば何でも屋になっていた。

たまのテレビやラジオの出演時には、少しでも爪痕を残したいと脈絡もなく〝ちんちん〟の話をしてよく、叱られた。

大先輩の若い頃!

それでもいまひとつ、反省の気持ちがなかったのは、それもサービストークのひとつだと頑に思っていたからである。

『笑っていいとも!』のテレフォンショッキングというコーナーに出演が決り、新宿アルタの狭い楽屋で出番を待っていた時〝コンコン〟とドアを叩く音がした。「はい」と答え、振り向くと、そこには笑福亭鶴瓶さんが立っていた。

そして、「みうらぁー」と、笑顔で呼び掛け、

「お前、いちびってちんちんの話したらいかんぞ」と、おっしゃった。

それは何度もちんちんで失敗してきた大先輩の有難い助言であった。

〝そっか、ちんちん話はサービストークに入らないんだ〟

ようやく合点がいった僕は、「すいません。もう、いちびりませんので」と謝罪し、深々と頭を下げたのだった。

あわや大惨事

人生の3分の2はいやらしいことを考えてきた。

うちのオカンは当時、まわりでは珍しく自動車免許を取得。スズキフロンテという車に乗っていた。走行中は整備不良なのか、軽自動車にはあるまじき爆音を発する。

僕が市内の外れにあった中学校に遅刻しそうになった時、よく乗せて貰ったのだが、響き渡るその爆音に暴走族と間違えられやしないかとヒヤヒヤしたものだ。

その日は確か土曜日だった。昼過ぎに学校から戻り、何かの用事で再びオカンの車に乗って出掛けたのだが、京都大学の前の信号で停車した瞬間、背後から来た車にぶつけられた。すぐさま車を路肩に寄せ、オカンと僕は外に出たが、車体の後ろが少し凹んだだけで大事には至らなかった。

ぶつけた方が警察を呼んだのか分らないが、その場で示談となった。「あんた、ちょっと長引きそうやし先に帰ってよし」と、オカンが言うもんで、僕はそこから市電に乗り換え帰宅したのだ。

しばらくして家のブザーが鳴ったもので、玄関先に向いドアを開けた。

「おう、来たでぇー」と、クラスメイトのHがニヤニヤして言った時、僕は約束してたエロ本貸し借りの日が今日だったことを思い出した。たぶん、さっきの事故で少し気が動転してたのだろう。慌てて「入って入って」と、僕はエロ友を自室に招き入れた。

このエロ本貸し借り会は、回り持ちになっていて、先月はHの家で行った。どちらにせよ、家に母親がいる場合が多く、ヒソヒソ話で進行するのが習わしだった。でも、今日は先ほどの事故でオカンは不在。

「お前のエロ本、今回はキョーレツやな!」

「何を言うかお前こそ、えげつないSM本やんけ!」

初めて大声で互いの収穫品を褒め称えることが出来た。

「もう、我慢出来ん。わし、帰るわ」

会がすぐに終るのもいつものこと。早く一人になってじっくり見たいからだ。Hが帰り支度を始め、もたれてた壁から立ち上がろうとしたその時、外で〝ガシャーン!〟と何かがぶつかった音が聞え、次の瞬間、〝ドカーン!!〟と、地響きがしたかと思うと、その壁をぶち破って1台の車が突っ込んできたではないか!

「だ、だ、大丈夫け!?」

奇跡的に二人はケガもなく、咄嗟にその場に散乱した収穫品を必死で拾い集めた。

少し落ち着いて、瓦礫に潰された車の中を見ると、男がハンドルを握り締めたまま放心状態でいる。外にもう1台、道路の中央に車が止っていて、どうやら追突された勢いでこの角部屋に突っ込んできたんだろうと思った。「け、警察、呼ばな！」

やがて救急車も来て、町内は一気に騒々しくなった。「なぁ、オレ、帰ってええよな」、Hは不安そうな顔で貸したエロ本をバッグに詰め立ち去った。

その後、爆音響かせ戻ってきたオカンも二度の警察沙汰に驚きが隠せない。

「当分の間は仕方ないな」

父親は夕飯を食べながらそう言った。

僕の部屋はそれから1ヶ月近く、ブルーシートに覆われたまま。あの時、Hから借りたエロ本をじっくり見ることも出来なかった。

コンドルはどこへ行く

人生の3分の2はいやらしいことを考えてきた。

『コンドルは飛んで行く』という曲を、深夜ラジオでよく耳にした。

その哀愁漂うメロディは、何も悲しい出来事などない中学生のハートまでをもセンチメンタルに浸らせたものである。元はアンデスのフォルクローレの有名な楽曲だというが、ラジオで流れていたのは'70年、サイモン&ガーファンクルがその一部をカバーしたもの。

当然、アンデスなど行ったこともないが、そのタイトルからして荒野に一羽飛ぶコンドルの姿を悲恋の心象風景としたのだろう。

その時期、童貞をしこたまこじらせていた僕は、試験勉強などそっちのけで、ラジオからカセットテープに録音したものをくり返し聞いては、涙を流すことも度々。

後に、やはりレコードも欲しくなりシングル盤を買ったのだが、ジャケ裏の訳詞を読んで、ぶったまげた。

のっけから〝かたつむりになるよりは雀になるほうがいい〟って……

〝釘になるよりはハンマーになるほうがいい　そうさそのほうがいい〟

って……、何だこりゃ!?

コンドルは一向に飛ばないし、悲恋を歌った箇所などありゃしない。

おい!!　僕の流した涙はどうしてくれるんだよ……

こんなことならレコードなど買わなきゃよかった。

〝そうさそのほうがいい〟以来、聞くことはなかった。

それから随分、時が流れ、僕は上京し、大学生になっていた。ある日、デートの待ち合せで新宿駅の西口前に立っていると、どこからかあの哀愁メロディが流れてくるではないか。僕は思わず音の出元に吸い寄せられた。そこにはアンデスの民族衣装を身にまとった三人組の外国人が路上ライブをしていたのだが、外にしてはやたら音がいいのが気になった。きっとカセットを流し、口パク、当てブリをしてるに違いない。僕は疑いの目でしばし、彼らの演奏を見つめていた。

『コンドルは飛んで行く』を終えると、メンバーの一人が楽器を置いて、つかつかと僕の前にやって来た。よほど熱心に聞いていたと思われたのか、「ドデスカ?　コレ」と、言って彼らのカセットテープを差し出してきた。まわりを見回すと、誰もいなくなっていて、僕は買わざるを得ない状況に追い込まれてしまった。

それから慌てて待ち合せ場所に戻ったのだが、彼女はご立腹の様子で、「遅いじゃない!　ずっと待ってたんだから」と、言った。

言うほど大した遅刻じゃないが、言い訳をしたところでバカにされるだけだ。仕方なく夕飯を奢ることにして落ち着いた。

そんな散財の1日であったが、ようやく二人でうちのアパートに戻り、ベッドイン（いや、万年床イン）する段階となった時、僕は少しでも元を取ろうとカバンからあの買わされたカセットを取り出し、ラジカセにかけた。

「何、この音楽？」

と、彼女は如実に嫌な顔をし、「ちっとも乗らないから止めてよ！」と、言った。

確かに『コンドルは飛んで行く』は、セックスのBGMとして不向きであった。

それから無音の中、腰を振り続けていたのだが、〝釘になるよりはハンマーになるほうがいい〟の訳詞が僕の頭の中でグルグル回っていた。

『コンドルは飛んで行く』作詞：ポール・サイモン　作曲：ダニエル・アロミア・ロブレス

キャーと言われたい

人生の3分の2はいやらしいことを考えてきた。

「モテたいっスよねぇー」は、カーツ佐藤（ライター）の口癖だった。カーツとは'80年代、雑誌『ビックリハウス』や『宝島』の仕事を通して知り合った。彼の書く文章は今で言うラップのように流暢で、リズム感があった。当然、スラング（カーツの場合〝下ネタ〟）が随所に挟み込まれていて、それが大変面白い。僕は彼より少し歳上だったが、当時そのバカ文体にかなりの影響を受けたことは間違いない。

以来、親しくなりよく飲みに行ったが、深夜を回った時、その口癖が出る。

ルックスも良くて、モテないはずがないと思うのだが、カーツ曰く「ライターなんて地味ですよ。もっとバンドみたいにキャーと言われたいんスよね」とのこと。

「確かにキャーは分り易くモテてる気がするけど、それでは気が散って文章が書けないでしょ」と、僕が返すと、「何言ってんスか違いますよ、バンドはあくまで例えですから」と、言ってカーツは笑った。

その時、僕の頭にボブ・ディランが催したライブツアー『ローリング・サンダー・レビュー』が浮かんだ。

「ねぇカーツ、ツアーに出ないか？」

「はぁ？　だからバンドは例えだって。第一オレ、楽器出来ませんから」

「違う違う。バンドじゃなく、キャーキャー言われながら文章を書くツアー」

「みうらさん、頭、大丈夫っスか」

それが後に、えのきどいちろう氏、安斎肇氏をメンバーに加えた『ローリング・ライター・レビュー』の始まりだった。

ツアーは三都市。大阪のアメリカ村三角公園を皮切りに、名古屋はテレビ塔のある久屋大通公園。そして、ファイナルステージは東京、渋谷の宮下公園の片隅と、公演は全て公園で行うことに決定した。

何よりも肝心なのは告知。各人の連載ページは元より、知り合いの編集者数人を集め記者会見まで行った。それはひとえに、バンドみたくキャーキャー言われるためである。

「どうです？　ツアーに向けての意気込みは？」

「いやぁ、人前で文章が書けるかどうか」

その場で書いた原稿は次号の雑誌に載せるつもりでいたのだ。

当日、大阪入りした僕らは、首から画板を下げていた。

思いの外、人が集っていて緊張したが、客は不安気に僕らを見つめているだけ。

「それでは始めます！」

と、言うと、拍手が起ったが、何せバンドと違い音がない。微かにカリカリカリと文章を書く音がしてるだけ。この地味過ぎる状況に耐え切れなくなって、メンバーはわざと書き損じた原稿用紙をくしゃくしゃにして客の方に投げ始めた。

それを拾うのに客は一瞬、ワーッとなったが、すぐに、静かになる。それでも30分近くはそこに立っていたと思う。

「どうも、ありがとう！」

もちろん、アンコールなどかかるわけはなく、僕らは公園を後にした。

最終日はゲストも迎えた。〝辛い旅だぜ……〟ラパーの三人は「頑張って下さい」と、エールを送るだけしかない。それでもやはり、キャーが出て、カーツは「やっぱりミュージシャンは強いっスよ」と、言うのだった。

そうして初のライターツアーは幕を閉じたが、未だそれをマネしたライターの報告は聞かない。

デカ過ぎて困る

人生の3分の2はいやらしいことを考えてきた。

「ここだけの話なんだけど」と、切り出して、「誰にも言っちゃダメだからな」と、念を押す。相手は「もちろんだよ」と、神妙な面持ちで答えるが、内心ワクワクしてるに違いない、そんな内緒話。

聞かせた後、「お前を信用してるから話したんだからな」と、恩着せがましく言うのも内緒話の手口だけど、僕の場合、「ヒソヒソ喋ってるつもりかも知んないけど、まわりに筒抜けだよ、恥ずかしい」と、彼女からよくお叱りを受ける。

それは、そもそも僕の地声が大きいせいで、「これでも随分、抑えて喋ってるつもりだけど」と、ムキになって言い返しても、「その声もデカ過ぎて嫌」と、お話になんない。

彼女、曰く、僕がヒソヒソ声と思ってるものは、テレビの音量で例えれば「30近く」は出てるらしい。

「耳が悪いんじゃないの？　一度、病院行けば」と、大変つれないアドバイスを賜る。

何も一国を揺るがすような国家機密を漏らしたわけじゃない。たわいのない友達のバカ話を勿体ぶってしただけで、ここまで言われるとこちらも嫌になる。喫茶店を出てからも気まずい状態のまま。これでは楽しいはずのデートが台無しである。

どうにかしなければとは思うのだが、こんなことで謝るのも悔しい。仕方なく「どうするこれから？」と、かなり控え目な声で聞いたけど、返事すらない。だんだんこちらもムカムカしてきて、「もう何だよ!!」と、今度は自分でも分るようなデカイ声を張り上げたら、「もう、私、帰るね」と、彼女は捨てゼリフを吐いて、そのままスタスタ駅の方へ歩き出した。

高度成長期の日本。〝大きいことはいいことだ〟と、教わった。高校時代はやっぱ、〝背、家、チンチン〟の『三大デカイ』が、異性にモテる条件だろうとよく友達間で話し合った。

それは要するに容姿、財力、精力を言わんとしていたわけで、残念なことに声がデカイは選に漏れたが、いずれモテ効果のひとつとして頭角を現すだろうと踏んでいた。

実際、それはロックバンドを組んだ時、シャウトという名称で、重宝されたと思うのだけど。ま、そんなことはさておき、彼女を追い掛けないと恋愛関係が終ってしまう恐れがある。

彼女の家のインターフォン越しに「さっきはゴメン」と、すぐさま謝った。

「別にいいよ」

それから仲直りセックスの時、彼女の機嫌を伺うべく、努めて前戯を長くした。そして、いよいよ合体！

「あぁ━気持ちいい！」

と、大袈裟に言ったら、

「声、デカイよ。隣に筒抜けじゃない」

と、また叱られるのであった。

あれから何十年も月日が流れ、とうとう老いるショックの影響で本当に耳が遠くなり、声のデカさはさらに増した（気がする）。

その上、最近、髭まで伸ばしているので容姿の方が、テノール歌手の、ルチアーノ・パヴァロッティに近づいてきた気がするが、どうか？

エリックとレイラ

人生の3分の2はいやらしいことを考えてきた。

〝つき合った女を　レイラと　そっと呼び〟

これは'88年『VOW MEGA-MIX!!?』と、いう本に発表した僕のロックン川柳である。

その頃、ロックというか、日本ではバンドブームの真っ只中。バンドに夢を託した若者たちが日夜、貸しスタジオで猛練習に励んでいたのである。

狭い部屋になると六畳ほどしかなく、メンバーが多ければ寿司詰め状態。たまに誰かが防音ドアを開け退室すると、その爆音が外に漏れてきた。

「すいません、ライター貸して貰えます？」

そのグランジファッションで決めた若者には何度か、通路脇の喫煙所で会ったことがあった。

「ほい」と、ライターを差し出すと、Gパンの後ろポケットからくしゃくしゃになったハイライトを出し、美味そうに喫った。ちゃんと話したのはその時が初めてだった。

「クラプトンが好きなの？」と、僕が聞いたのは前に一度、エリック・クラプトンの代表曲『レイラ』が、スタジオから漏れ聞えてたことがあったからだ。

「ですね。ま、エリックは俺のライバルっスからいつも、ウォーミングアップでやるんスよね」

僕が少し気になったのは、世界最高峰のギタリストをエラソーにライバル呼ばわりしたことではない。その、「エリック」という呼び方である。ま、ここが貸しスタジオだから〝鉄の爪〟の異名を取った往年のプロレスラー、フリッツ・フォン・エリックや、昭和の司会者、E・H・エリックと、まさか勘違いする者はいないだろうが、やはりそこは「クラプトン」と、呼ぶのが相応しいのではないかと思ったからだ。

「クラプトンね、レイラは特に曰く付きなタイトルだもんね、クラプトンとしてもね」

訂正を促すべく、二度も念を押して言ったつもりだが、彼は「曰く付きって何なんス？エリックの彼女のことでしょ、レイラは」と、まだエリック押しでくるつもりか。

「いやいや、そうだけど、前はジョージの妻だったわけじゃない」

「ジョージって？　すいません、もう一度、ライター貸して貰えます？」

「ジョージ・ハリスンだよ。元・ビートルズの」

「あぁ」

って、そこまで説明しなきゃ分んない？　ひょっとして、ジョージと聞いて、おさるのジョージでも連想してたのか？

「一瞬、分んなかったっス。それを言うなら、ハリスンでしょ」

まさかこっちが正されるとは思ってもみなかった。〝ハリスンなんて言う？〟彼は僕より随分、若いけど、それだとハリソン・フォードとマジ、勘違いする者もいるんじゃないか？

「エリックとハリスンが取り合ったなんて、レイラ、最高の女でしょう、やっぱ」

今度は全揃えで言いやがる。仕方ない。これも時代ってやつか、などと思っていたら、スタジオの入口に一人の女が現れ、こっちに向って「エリック！」と、呼んだ。
〝え!? まさか……それ、こいつのアダ名!?〟
奴はタバコを揉み消し、「じゃ」と、言って彼女の方に歩み寄った。そして、言うに事欠き、「遅かったじゃんレイラ」だってよ……。こっそり呼び合ってるならまだしも、僕はその恥知らずな二人を呆気に取られ見つめていた。

知らない方がよかった

人生の3分の2はいやらしいことを考えてきた。

カニが好き過ぎて、毎年、冬場になると旅行代理店前に設置されたスタンドからカニを食べに行くツアーパンフ（通称・カニパン）をゲットしてる。

特に関西圏はこの季節、スタンドいっぱいにカニパンが並ぶので、全種集めるとかなり嵩張る。それに似たデザインのものが多く（基本的に茹でたカニのアップ）、かなり吟味に時間を要す。

これも、滋賀県の琵琶湖畔沿いに多発する〝飛び出し坊や〟看板同様、そこに住んでいる人にとってはフツーの光景であっても、初めて目撃、または意識した者にとって、かなり「DS!」（どーかしてる!）状態であることは間違いない。僕も上京するまでは気にも留めなかったが〝かにカニ日帰りエクスプレス〟という、山陰行きの臨時列車まで出るほど関西人にとっては一大イベントなのである。

今は北陸への便が良くなった東京。ここ数年で駅構内にカニポスター（シンクロナイズドスイミングするカニや、新幹線に跨ったものなど）が貼られたり、カニパンも制作されるようになり、僕のコレクションは増える一方だ。

しかし、好きになるということは、知らなくていいことまで知ってしまう危険がある。カニに於いては、カニビルだろう。タランティーノ監督作『キル・ビル』に似た響きのそれは、カニの甲羅に卵を産みつけるヒルのこと。あの黒い斑点の正体がカニビルの卵と知ってしまったら最後、両手放しで大好きだと言い切れる自信が無くなった。

これに似たケースってのも何だけど、いろいろ悪い噂もあって、つき合うのは止めた方がいいって友達に何度も注意を受けていたあのコのこと。その性に対するあっけらかんとした発言や態度から、すぐにねんごろになれたのだけど、でも、つき合い始めるとそうはいかなくなった。彼女はそれほどでもなくても、僕に独占欲と嫉妬が生れたからだ。

次々に疑わしいことが出てきた。

「剃っちゃった」

それもそのひとつで、これから事に及ぼうとした時、彼女はそう言って、自らパンツを脱いだ。

〝え？〟

基本的人権の中に、自由権がある。だから何も、僕は「剃るなよ」とは言わない。が、しかし、何故、剃ったかの理由くらいは知りたい。それが唯一、仮にもつき合ってる男の権利ではないかと思った。

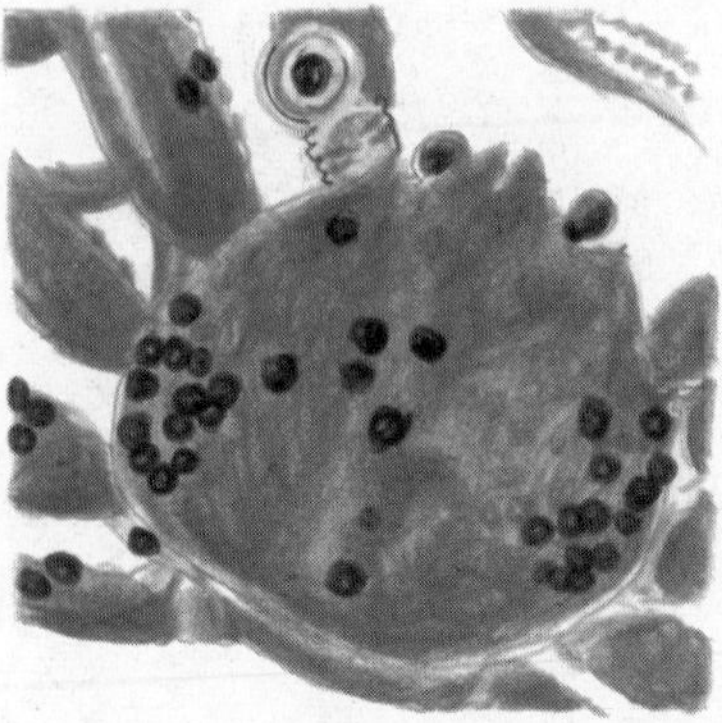

初めの内は、「何か陰毛って嫌いだから」とかテキトーに誤魔化していたが、僕が彼女のその剃り落した平地のところどころに黒い斑点があることを見つけ、指摘した時、「分った。もう、正直に言うよ」と、観念したようなセリフを吐いた。

ふだん、あっけらかんとしていただけにこれはかなり深刻な理由だと思い、僕は少し身構えた。

「ヤダ、もう！　そんな大したことじゃないって！」彼女は大笑いして、「病院行ってコンジローマをレーザーで焼いて貰う時、剃っただけだからぁー」と、ものすごい内容を平然と言ってのけた。

〝えーっ!?〟

この世には知らなくていいことがある。

僕は彼女の股間にある黒いドットをしばし見つめながら、カニビルのことを連想していた。

ヤルキ、ゲンキ、ガンキ！

人生の3分の2はいやらしいことを考えてきた。

久しぶりに田舎の友達から、「今度、出張で東京行くんやけど、飲まへんけ？」と、電話があった。友達は地元の大学を卒業後、サラリーマンになっていた。

かつて一度、僕の住む家に泊りに来たことがあって、そのアタッシュケースを提げたスーツ姿に一瞬、押し売りかと見間違えたものである。どんな会社に勤めているかと聞くと友達は、アタッシュケースを開けて「コレや」と言ったが、電気系統の青焼きだけではサッパリ意味が分らなかった。「実はオレもよう分らん」と、友達は笑い「取り敢えずコレを先方に見せ、当社の製品はこのようになっていますって言うて回る役をやっとるんやわ」と、曖昧な業務内容を説明した。

その夜はなつかし話を肴に家で酒盛りしたが、今回は友達の方から、「六本木のドンキの前で待ち合せせーへんけ？」と、言ってきた。

「大体、8時くらいには仕事終って行けると思うんで、六本木で飲もうや」

すっかり東京に詳しくなっていて驚いたが、きっと会ってない間に仕事の関係者といろいろな所で会食したのだなと思った。

それに当時、僕はまだ、大型量販店のドン・キホーテのことを〝ドンキ〟と、約《つづ》めて呼ぶのを知らず、逆に聞き返したくらいである。

六本木に出て、そのドンキの前で1時間近く待ったが、友達は現われない。

ケータイ番号の交換をしていなかったもので、仕方なく家に戻った。

ま、きっと仕事が長引いているのだろうと思い、連絡を待っていると、それから少しして家に、「スマン！　これから急いでお前ん家に向うから」と、電話があった。

「駅まで迎えに行こか？」と僕が聞くと、「覚えてるさかい大丈夫や」と、言った。

「本当、スマンかったなぁ。こっちが待ち合せ場所を指定したのに」

ようやくやって来た友達を見て、少し疑問に思ったことは今回はスーツ姿じゃなく、ふだん着だったこと。

「出張と違ごたんけ？」と、聞くと、「出張やけど」と、奥歯に物が挟まったような言い方をし、「もう、お前やさかい言うてまうわ」と白状した。

どうやら仕事は思いの外、早く終ったものでつい、行きつけのフーゾクに寄って遅れてしまったのだという。

「いや、以前プレイしたことのある女王様が、先に客が入ってたもんで、それを待ってからやから遅れてもうた」

「お前、ドMやったっけ？」

「知らんかった？　昔からやで」

古いつき合いといえどそんなことはある。てっきりフツーのフーゾクだと思っていたので、少し驚いた。

「待つほどその女王様のプレイはええのんけ？」気を取り直し、質問すると、「まぁな、お前には分らへんかも知れんけど、ガンキが特にな」と言った。

その約め方も初耳だったが、そっちの方はかつて、SM誌で見てやたら衝撃を受けた春川ナミオさんという絵師が得意として描いた〝顔面騎乗〟の略称であることは分った。

以来、その友達を思う時〝ガンキホーテ〟という造語が真っ先に浮ぶようになった。

ロックはつらいよ

人生の3分の2はいやらしいことを考えてきた。

僕がロックを聴き始めた’70年初頭では既に、ロックは長髪であることを必須条件としてた。しかし、通ってた仏教系の男子校の校則は、髪が耳にかかる程度でもアウト。「明日までに切ってこい!」と、よく先生に叱られた。

仕方なく散髪屋に行くのだが、憧れのロックミュージシャンとは程遠い髪型に毎度、落ち込んだ。だから、〝サボ〟とかいう自分で髪が切れるカッターを買ってみたのだが、使い方がよく分らない上、鏡も見ずにやったもので、翌朝、髪を触ったら頭頂部にハゲが出来ていた。結局、その日は散髪屋の開くのを待って、どうか目立たないようにして欲しいと願い出たが、店の主人は「これは無理やな」と言った。

かくして僕は出家をするまでもなく、五厘頭で遅刻登校。しこたまクラスメイトにからかわれた。そんな苦い経験もあり、生え揃った後は校則なんてクソ喰らえ!と、髪だけの不良になったのだった。

高校を卒業。浪人に突入してからは、その立場のない自由《フリー》さ故、遺憾無く髪を伸ばし風に靡《なび》かせ街を歩いた。

「男のくせに」と、まわりの大人はちっとも分ってくれないが、それでいい。だって、ロックのテーマは反逆だから。

「女みたい」

そんなつまらない常識ってやつを壊したくて、こちとら伸ばしてるんだぜ、ベイビー。

〝就職が決まって髪を切ってきた時〞と、ユーミンの歌にあるが、髪を切るのは大概、就職が決まるかどうかの瀬戸際。面接の段階で切ってなきゃ、面接官の心証を悪くするというもの。

その点、こちとら始めっから自由業。'80年代のテクノカット大流行で、一時は血迷って短くしたこともあったけど、以降はラストサムライよろしく長髪人生をキープオンである。それも全て、あの時グッときたロックのせい。この先、どんなことがあろうと絶対に切らないと心に決めた。そんな矢先の出来事だった。

日本各地の奇祭。中でも取り分け陽気で頓馬な祭を探し、その紀行文を書いていた40代前半の頃。

ほとんどが地元民。たぶん部外者は僕だけと思われる小さな祭を見た。夕方近くに祭は終り、帰ろうとしたら村の人から「これから近くの公民館で打ち上げがあるんやけど来ないか？」と、お誘いを受けた。断わるのも悪い気がしてのこのこ集団に付いて行き、そこ

でお酒やつまみを頂戴し、その祭の由来について詳しく聞けた。

そこまでは良かったのだが、僕がトイレに立った時、後をつけて来たオヤジがいて、トイレの入口あたりでいきなり背後から抱きついてきた。ま、かなり酔ってらっしゃる御様子なので、抵抗もせずそのままでいたが、次に僕の胸を強く揉んできた時、これは大きな勘違いをされてるんだなと気付いた。ここは部外者故、気を使ってやんわりと「あのぉ、オレ、男なんですけど」と説明。反り返って顔まで見せた。

するとオヤジは「何や、女と違うんか！　紛らわしい髪、すんなボケ！」と、怒鳴った。悪いのはそっちじゃないか。叱られる筋合はないぞ……それに、胸は痛いし、おしっこはチビりそうだし……僕は初めてロックはつらいよと、千鳥足で去っていくオヤジの後姿を見ながら思ったのだった。

『「いちご白書」をもう一度』作詞・作曲：荒井由実

ヌイグルミ好き

人生の3分の2はいやらしいことを考えてきた。

彼女は大層、その〝モグモグ〟という名のクマを可愛がっていた。何故、そう呼ぶかは聞きもしなかったのでよく知らないが、ちょうど腕の中で収まるサイズのヌイグルミである。いつもベッドの枕元に置かれていて、僕らの滑稽な行為を監視していた。

事が終ると彼女は「ごめんね。寂しかったでしょ」と、モグモグに言っては抱き締める。それには一度も洗った形跡はなく、薄汚れていて独特のニオイがあった。

きっと、漫画『ピーナッツ』に登場するライナス・ヴァン・ペルトがいつも肌身離さず持っていることで有名になった〝ライナスの毛布〟と同じく、たぶん、そのニオイを嗅ぐと彼女はとても安心するのだろうと思ってた。僕も幼児期〝チッチキさん〟（オカンに言わすと〝チッチクさん〟）という布切れを絶えず手に持っていて、洗濯されることをきつく拒んだらしい。

彼女の部屋を初めて訪れた時、そうとは知らず行為中、ちょっと角度を変えたく手に取ったモグモグを彼女の腰にあてがったことがあって、ひどく叱られた。彼女にしてみればそんな大切な存在を、いやらしい行為に参加させたことが許せなかったのだろう。以降、触ることも禁じられるようになった。

しかし、1年も経たない内にモグモグは消滅。別の、今度はちょっと大きめなウサギ（愛称・ピョンタン）にその座は奪われた。彼女が言うには最近、友達がUFOキャッチャーで獲ったものを譲り受けたというのだが、僕はきっと男からのプレゼントだと思い、いい気はしなかった。それにあれほど大切にしてたはずのモグモグ。ライナスの毛布じゃなかったことに彼女の気まぐれな素性を垣間見た気もした。

「モグモグはどうしたんだよ」

別に僕が心配することでもないとは思ったが、一応聞いてみた。するど彼女は少し慌てた様子で「捨ててはないよ」と、言った。「じゃ、どこにあるんだよ」、取り調べじゃないので、そこはやんわり聞いたら、「衣装棚にいるよ」と、やはり後ろめたかったのか〝いる〟と、まだ生き物扱いで答えた。

ここは闇の世界――

「おい！　新入り。外では何て呼ばれてたんだ？」

「はい。モグモグと申します。貴方のお名前は？」

「もう、そんなこと忘れちまったよ」

「ご主人につけて頂いた名前を忘れるなんて大丈夫ですか？」

その時、衣装棚の奥から「騒がしいぞどうした?」というドスの利いた声がした。

「す、すいません。コイツがつまらないこと言うもんで、つい。ほら、自分からちゃんと牢名主様に挨拶しろって」

〝牢名主……〟

暗がりから姿を現わしたのはモグモグの比じゃないほど汚れたパンダのヌイグルミだった。

「初めまして。私――」

言いかけたモグモグに「こいつはまだ、ここがどこだか分ってねぇーようだな。じっくり現実を見せてやれ」と、叫んだ。

「御意!」

僕はある日、衣装棚の中が見たくて扉を開けた。そこには何体もの用済みのヌイグルミたちが恨めしそうにこちら(彼らの言う〝現実〟)を見つめているようでゾッとした――

実況癖

　人生の3分の2はいやらしいことを考えてきた。

　その大乱闘を耳にしたのは確か、小学五年の時だったと記憶する。

「バッキー投げました。おっと、これはいけない！　王にまたもビーンボール‼」

テレビ中継の時間が終了となり、うちの父親が素早くラジオ放送に切り替えた矢先の出来事だったと思う。アナウンサーは大層、興奮した声を張り上げた。

「どうやら抗議に向った荒川コーチが殴られた模様です！」

　球場の騒然とした雰囲気も伝わってきて、大の巨人ファンだった父親は、「何ちゅう悪いことしよるねん」と、柔な関西弁で怒りを露わにした。以来、僕はバッキーという外国人選手のことをプロレスの〝悪役レスラー〟扱いするようになった。

「おっと！　これはいけません。バッキー、またもビーンボールのようです！」

　自宅の向いに大きな屋敷があって、そこのコンクリートの壁が僕の野球場だった。壁の下に石垣というほどではないが、歪な形の石が何個か並んでた。たまに投げたボールがその石と石の間に挟まることがあり、セルフ実況ではそれをビーンボールと呼んだ。

「9回裏、さぁ、バッターボックスは長嶋！」

狭まったボールを取りに行く間も実況は続く。「タイム」が、出るのはその道を車が通過する時で、しばし、グローブが見えないよう手を後ろに回す。夢中とはいえ、他人宅の壁に思う存分ボールを投げ付け、キャッチしているこのプレイに少なからず後ろめたさを感じていたからである。

「さぁ、再開です。ピッチャー、バッキー、投げましたっ！　打った！　打った！　長嶋、打ちました！　ホームラン！　逆転サヨナラです！」

ある石のいい角に当るとボールは僕の背後（これまた他人様の駐車場）の屋根を飛び越え、見えなくなった。何度か頭を下げ、ボールを取りに行ったが、嫌味を言われてからは怖くてそれも出来ず、新たにボールを購入して翌日の試合に臨んだものだ。

一人っ子のせいか、大人になっても実況癖が抜けない。それは一人野球に限ったことではなく、いかなる行為に於いても夢中になればすぐにスイッチが入る。エッチの場合、相手の顔が見えなくなるバックの体勢時、プレイボールを告げた。

〝さぁ、バッター構えました〟

当時のように口には出さないが、心の中で実況は始まっている。

〝いや、タイムを取りました。慌ててゴムを着けてますね〟〝大事ですよ、そこは〟

実況の他に解説者までいる時もあって、大層、盛り上がる。

〝さぁ、改めてバッターボックスに立ちます〟

〝バットが隆々としてますね〟

〝やる気満々と言ったところでしょうか〟

〝グリップを握り締めて、さあ、入った！　入った！〟

〝実にいい具合ですよ〟

〝この勢いだと2回戦にもつれ込む可能性もあります……〟

　ここで突然、実況は途絶えたが、「おっと、どうした!?」と、実際、声を出したのは相手側。首を後ろに回し、思いの外、早く終了を決めた不甲斐ない僕の顔をじっと見つめてた。

同じ花を見ていた

人生の3分の2はいやらしいことを考えてきた。

『あの素晴しい愛をもう一度』っていう歌。その中のフレーズ〝あの時　同じ花を見て美しいと言った二人の　心と心が今はもう通わーなーいー〟だけを、今でもたまに口ずさむことがある。半世紀も昔の歌だけど、それは人間なら誰しも起りうる〝飽きる、別れる、忘れる〟という連鎖に、切なさを覚えずにいられないからだ。

「あの素晴らしい愛をもう一度、やり直そう！」

と、涙ながらに訴えてもカルマは急に止まらない。それが、かつて同じ花を見て美しいと言った仲なら尚更である。

「あなたも？」

「はい。いいですよね」

そんな初々しい会話で恋が始まる映画『花束みたいな恋をした』を観に行った。ま、どうせ涙のカツアゲを食らわせられるんだろ程度に思っていたのだが。ちなみに〝涙のカツアゲ〟とは、老いるショックによる涙腺決壊。制作者側の思惑通り、いとも簡単に泣かされてしまう意である。

当然、映画館は若者だらけ。たぶんシルバー料金で入場しているのは僕だけだろう。昨今、仙人のようなシロナガス髭を生やし、マスクの下からはみ出させている僕は、そのギャップもまたおかしと、わざとこの作品を選んだところもある。

しかし、どうだ。主演の二人、菅田将暉&有村架純の演技が実に自然で、僕はすっかり終ったもんだと思い込んでいた青春ノイローゼをぶり返してしまったようだ。それは何も若き日への郷愁ではない。シルバーとして最もたちの悪い癖。年齢差を完全無視した主人公への成り切りである。

それに〝同じ花〟（映画では、音楽や本の価値観を同じくする）が恋愛に於いても未だ、一番だと思ってるせいもある。

四六時中、ベタベタしてる間は、これが永遠に続くものと勘違いしがちだけど、どちらかの環境が変わった時、そこにズレが生じてくるのもよくある話。男が言いがちな「生活のために仕方ねぇだろ！」。初々しかった口調はどこへやらがそれである。

大概、社会を言い訳にする場合、その関係に何かしら飽きがきていると見ていい。彼女を手に入れた満足感と、もう他へは行かないだろうという安心感から、キレイな言葉で言えば〝思いやり〟、啓発セミナー的だと「相手に合わせ考える」をつい、忘れてしまうのだ。

そんな変化を特に同じ花カップルは容易に受け止められない。

恋愛は友達と盛り上るのとわけが違って、その局面局面で大きく感情が揺れ動く。たとえ価値観が同じと信じていても。

そんな時、昭和の映画なら「同じ価値観？　そんなもんねぇーよ。それよか、体の具合がバッチリの方が良くね。ガハハ」などと言うお下劣上司が出てくるもんだけど、そこは流石の令和作品。そのズレに傷付きながらも執拗に相手を責めたりはしない。だからこそ、花束みたいな恋なのだ。

〝全米が泣いた〟など誇大広告に随分、騙されてきたが、この映画に於いての涙のカツアゲは主人公の気持ちになってじゃなく、随分、思いやりに欠ける人生を送ってきた僕が、かつて同じ花を見て美しいと言ってくれた優しい人に今更、泣きを入れた涙だったように思う。

『あの素晴しい愛をもう一度』作詞：北山修　作曲：加藤和彦

マイ・ボックス

人生の3分の2はいやらしいことを考えてきた。

〝1960年代の貴重な音源から、知る人ぞ知るB面曲、さらにエルトンが個人的に選んだ隠れた名曲まで、埋蔵されていた宝物を徹底的に掘り下げて発掘した、前代未聞の秘蔵コレクション‼〟

と、謳い文句にあるエルトン・ジョンのCD8枚組『ジュエル・ボックス』を買った。豪華箱入り。そんじょそこらの卒業アルバムよりぶ厚いブックレット付きで、お値段何と！　1万7千円＋税。それを高いと思うか、安いと思うかは、青春期どれだけそのアーチストに情熱を燃やしたかに係っている。エルトンのことはこの連載でも書いたが、その翳りあるメロディと歌声を耳にすると、いつだってすぐにあの頃の気持ちが蘇ってくる。『ユア・ソング』（ちなみにこのような有名曲は敢えてボックスには入っていないが）、当時の邦題〝僕の歌は君の歌〟にもグッときて、どれだけ童貞をこじらせたことか。

それに僕の場合、架空の〝君〟を想って、どれだけ頼まれてもいない歌を作ってはカセットテープに吹き込んできたことか、である。

しかし、'80年代に入り、ぷっつりエルトンの新譜を買わなくなった。それはシンセなど、当時流行りのサウンドが苦手だったから。そう思い込んでいたが、この『ジュエル・ボックス』を通して聴き、考えを改めた。エルトン自身は何も変わっちゃいなかった。ただ僕の方がその時期、童貞喪失に舞い上り、聴く耳を持たなかっただけ。

〝一息つける時が欲しいだけ　恋はもうしたくないよって言ってみたかった♪〟

そんな、モテ男気取りの歌を作り、悦に入っていたんだ。許してエルトン！

コロナ禍じゃなきゃこんな話、居酒屋で熱く語ったもんだが――

「CD!?　まだ、そんなの買ってんのォ〜〜」

しかし、音楽は配信で聴くものとなってしまった（らしい）。数年前、そんなことを言って僕に突っかかってきた若い女。

「そんなもん、今、どこで売ってんの？」

そのタメ口にも大層、腹が立ったが、そこは同席した友達が呼んだ彼女。ぐっと堪えて「ディスクユニオンとか」と、答えたのだが、「何それ、知らなぁーい」と、いちいち気に障ることを言う。

「まぁまぁまぁ、俺らの若い頃はレコードだから。CDに変った時は本当、戸惑ったもんだよな」

彼女には違いないが、それは不倫相手。この居酒屋の後のことも考えたのだろう。奴は

仲裁に入った。

「何だかまた、レコードが若い人の間でブームだってね」、そう言ってチラチラ彼女の機嫌を伺っている。

「でも、CDじゃなきゃ聴けない曲もあるし」と、また僕が話を蒸し返すと、「そんなのないよ！」と、女は声を荒らげた。

「君は知らないだろうが、昨今、ロックオヤジの財布から大枚抜き取ろって魂胆のCDボックスがやたら出てるんだよ。その中のテイク違いやレア音源まで配信リストにあるわけないって！」酒も回りムキになって言った僕も悪かった。

「何、この人。パワハラじゃん！」

「まぁまぁぁまぁ……」では収まりがつかなくなって、遂に奴は「お勘定！」と、声を張り上げた。

たぶんボックスと聞き、今夜の個室、ラブホ行きを危惧したからではないかと思った。

パンティ・ドリーム

人生の3分の2はいやらしいことを考えてきた。

まだ、何もかも駆け出しだったあの頃——

あるアダルト雑誌のパーティに誘われ、所在無げに立ち尽していたところ、あろうことかそのお楽しみ抽選会で僕にセクシーパンティ詰め合せセットが当ってしまった。

「おめでとうございます！　当選者は番号札を持って取りに来て下さーい」

司会者はマイク越しに半笑いでそう言った。まわりは顔見知り程度の人ばかり。そこで僕がのこのこ現われても盛り上ることはない。このまま黙って帰るか一瞬、迷ったが、それでなくてもカッコつけな性格。そんな自意識過剰はむしろ自由業の敵だと反省し、努めて陽気に振る舞って、人ごみを掻き分け前に進んだ。しかし、何のことはない。商品をただ渡されただけで、司会者は次の抽選を始めようとしてた。

その時、僕に神の啓示が降りた。

〝被りなさい、それを被って笑いを取りなさい〟

僕は咄嗟にその場で袋を開け、その中の一枚を摘み上げて仮面ライダーみたく顔いっぱいに被ってみせた。しかし、どうだ!?「そんなことは帰って一人でして下さいね」と司会者に軽くあしらわれ、すごすご引き下るハメに。いわゆる若気の至りであった。

翌日、彼女が「何、コレ?」と言って、それを突き出した時、大層、慌てた。そもそもそんな景品、僕が持っていても困る。だから会場にわざと置き忘れてきたのだが、被った一品だけは無意識にポケットに突っ込んでしまったらしい。本来、やましい理由などない。だけど、彼女の顔がまともに見られないのはどうしてだ。かと言って、パーティでの心の葛藤をうまく説明出来る自信がない。そんな時、つい男は適当な嘘をつく。

「いや、君にプレゼントと思って買った」

「ふーん、ムキ出しで?」

「店員がそのまま渡した」

もう、これは小学生の時、捨てたはずの最低点のテスト用紙が何故か母親の手にあり、問い詰められたあのカンジと同じである。

「浮気もバレないようにしなくちゃね」そんな嫌味まで言われ、

「違う、違うって!」

結局、本当のことを言わなきゃなんなくなって、そのパンティを被ったことまで深刻な顔して打ち明けた。どこまで納得してくれたかは分らないが、「パンツを被ると髪の毛が縮れるそうよ」と、彼女は言った。

「え、それは何？　陰毛みたくなるってこと？」

「そこまでは知んない」

ようやく彼女に笑顔が戻り、僕はホッとした——

そんな甘酸っぱい青春の一ページもとうの昔となり、今はもっぱらセクシーとはほど遠い、イビキ防止グッズのことで頭が一杯なのである。かつてもイビキをかくことはあった（らしい）が、それは深酒の後やひどく疲れた時に限った。しかし、その音量もさらにアップ。キーポン・イビキのイビキングに成り果て、家庭内での評判もすこぶる悪い。

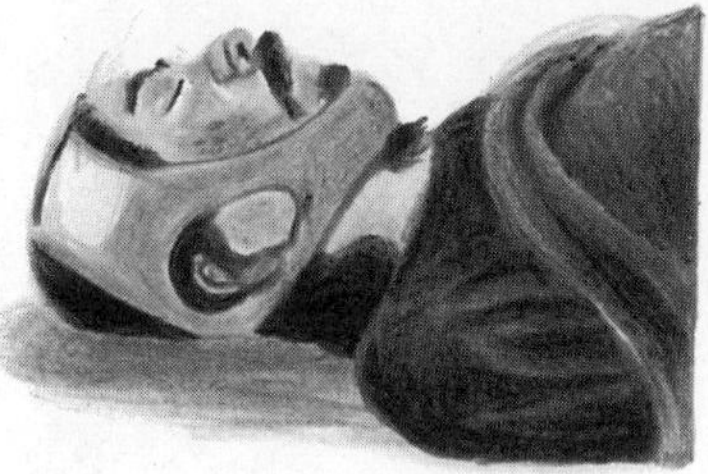

大きな薬屋で買い込んだ鼻腔を広げるテープ数個と、軟口蓋や舌の動きを潤滑にするスプレータイプのもの。それに顎を固定することで口が開かないようにするフェイスサポーター。フル装備で寝ているのだが、ある夜、あのパンティを被った日の夢を見た。たぶんサポーターで顔を締め付けたせいだと思うのだが。

スペシャル対談

笑福亭鶴光×みうらじゅん

高校時代「笑福亭鶴光のオールナイトニッポン」のヘビーリスナーだったみうらじゅんが憧れの「エロの師匠」にご対面〜！

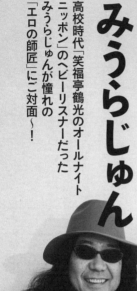

みうら　高校生の頃、鶴光さんの「オールナイトニッポン」で育ったので、つい行為中、「ええか、ええか～　ええのんか？」って女の人に訊かなきゃなんないんじゃないかって、今でも思っています（笑）。

鶴光　「ええか、ええか～」は、リスナーの女の人に電話をかけて「腹筋せえへん？」って言うたんが始まりや。腹筋しながら「はあ、はあ、もうだめ、だめ、あー」って言うて。

みうら　まんまとその声をアヘ声と思ってましたよ（笑）。

鶴光　そこに「ええか、ええか～」って囁きかけたんや。それが流行って、小学生が大勢で「ええか、ええか～」って言うとるの聞いたときは「はたして俺はこれでええんか？」と思ったわ（笑）。

みうら　ドリフターズの「ちょっとだけよ」のギャグも同じく、何だか意味はよくわからないんだけど、〝いやらしい〟ってことだけはね、本能で感じてましたから。

鶴光　加藤茶さんはよく「うんこちんちん」って言うてたもんね。僕はそっち系の下ネタはあかんねん。

みうら　うんこの方はお好きじゃないと？（笑）

鶴光　僕がやらなかったのは、政治の話と人生相談と汚い話。エロ一辺倒や。

みうら　エロ一辺倒って（笑）。「乳頭の色は？」って必ず聞かれてましたもんね。あれ、今まで聞いたギャグのなかで一番すごいって思ってます。

鶴光　普通は「乳頭」やのうて「乳首」って言うわな。

みうら　「乳頭温泉」というのもありますけどね（笑）。質問していいですか？　乳頭の色はどう答えるのが正しかったんですかね？

鶴光　薄いピンクが一番ええな。

みうら　やっぱりそういうもんですか（笑）。

鶴光　ブラジャーのことを「かぶせ」と呼んだり、挿入することを「注射を打つ」と言ったりね。

みうら　その発明が逆にリスナーを悶々とさせたもんです。

鶴光　あの当時、夜中に女性の声聞くだけでものすごいことやったでしょ？

みうら　それだけで勃つ的な（笑）。

鶴光　イントロ当てクイズで、女性のリスナーに「スタート」じゃなくて「イクー」と言わせたり。

みうら　男のリスナーは「出るー」でしたよね（笑）。

鶴光　でも当時のリスナーの子は、勉強しながらラジオを聞いて、投稿ハガキも出してたわけでしょ。ものすごい頭脳やと思うわ。

みうら　いや、勉強なんてしてないですよ！　あんな放送聞きながらできるわけないじゃないですか。僕は鉛筆の替わりにち○ぽ握ってましたから、ラジオの前で（笑）。

鶴光　それ想像するとおもろいわな。

みうら　だから今でも鶴光さんの声を聞いただけでも——。

鶴光　あの時間にものすごい数のティッシュペーパーが消費されたと。そういや王子製紙からお歳暮来たことあったな（笑）。オナニーした後トイレ行ったら、小便が二つに分かれへん？

みうら　それは……間違いなく（笑）。

鶴光　俺もそうや。何かが管に詰まってるのかね？

みうら　それとも2WAYになってるとか（笑）。

鶴光　じゃあ、「新幹線とかけてオチンチンと解く」、その心は？

みうら　それは分かりますよ。「駅（液）を飛ばします」でしょ（笑）。

鶴光　これは誰が作ったんかね？　僕が思う最高の謎かけはね、「ゴルフとかけてふんどしと解く」よ。

みうら　その心は？

鶴光　「外れると球が外へ飛んでいくでしょう」。これもようできてるやろ？

みうら　エロ謎かけは、全部鶴光さんが作られたんだと思ってましたよ（笑）。それにね、僕はその頃、童貞で関西にいたってことが大きかったと思うんですよ。

鶴光　一番感受性が強い時やね。

みうら　深夜放送って、やっぱり主流は、四文字じゃなくて「お×こ」だったでしょ。

鶴光　俺はそれをね、「おこめ」に言い換えてたんや。〝自慰〟のことは「て×こ」という言葉にして。ほんで、〝本番〟のことは「ほん×こ」ね。そういうふうに言葉を換える面白さってあるやんか。〝あけましておめでとう〟を「あけおめ」にしたりね。「あけおま」とは言わんやろ？
みうら　それは今もないですね（笑）。

エロの柳田國男ですね（笑）

鶴光　「鶴光でおま」の下には必ず「×こ」っていう言葉がつくのよ。これはそのニュアンスで作った言葉なんや。「〜でおます」って言い方は元々あるねんけど、「おま」で切ることはないわ。
みうら　それは関西弁じゃなくて鶴光弁だったと。
鶴光　でも「おこめ」のことを「おまんま」って言うやろ。米というのはやっぱり日本人にとって、「＝エロ」ということになるわけや。
みうら　そんな日本人の食生活まで言及しますか（笑）。もう上京して四十年にもなりますが、まだ四文字の方は馴染めません。
鶴光　だから僕がよう言うたでしょ、「青梅国際マラソン」って。東京では「オマーン国際マラソン」はあかんって言われたんや。「レマン湖のほとり」もあかんのや。でも「青梅国際マラソン」はOKやねん。
みうら　OKやねんって（笑）。僕、それ聞いて一度、本当に青梅で国際マラソンがあったのか調べてみたことがあるんです。なかったですけど（笑）。

鶴光　未だに好きでよう使うてんのは、「どうかひとつお目こぼしを」。「お×こ」を干す（笑）。

みうら　山本コウタローさんがTBSラジオの「パックインミュージック」でやっていた「鯛釣《たいつ》り船《ぶね》に米《こめ》を洗《あら》う」というコーナーも当時、流行ってました。

鶴光　逆から読むやつね。

みうら　これもやっぱ「おこめ」のほうでしょ。

鶴光　「お×こ」は地域の言葉だったから許されたんかな。

みうら　さっきの謎かけもそうですけど、日本各地に散らばっていたエロネタを集められ、ラジオでお喋りになってた功績はエロの柳田國男ですね（笑）。

鶴光　あの頃、ラジオっていうのは発信地みたいなもんやったろ。今みたいにインターネットもないわけで。ラジオが作ったブームで一番すごかったのが、「なんちゃっておじさん」や。電車に「な〜んちゃって」っておどけるおじさんがいたって噂が広がって社会現象になって。

みうら　それは正に民俗学でいう「サブカルチャー」のイメージですよね。

鶴光　歌をヒットさせるのもラジオやったしな。『帰って来たヨッパライ』とか『神田川』とか。

みうら　ゲストが歌の宣伝に来てるのに、なかなかレコードかけなかったりしてましたよね、鶴光さん（笑）。

鶴光　とくに女の子の歌手の場合、できるだけ延ばしてね。そういえば、アイドル女優がゲストに来た時にラジオドラマをやりましょうともちかけて。「(男) 雨が降ってきた」「(女) 濡れてきたわ」「(男) 傘に入りなよ」「(女) 入れてくれるの」ってセリフをアイドルに言わせて、本番で男のセリフをズバッと変えたわけよ。「(男) 触ってるで」「(女) 濡れてきたわ」「(男) 入れたろか」「(女) 入れてくれるの」。後日、アイドルの事務所からえらい怒られましたわ (笑)。

みうら　僕も鶴光さんの影響を受けて、お洒落なFM局で「ち○ぽ」を連呼するようなひどい番組をやってたことがあったんですが、ディレクターがいちいち飛んできて「ち○ぽが多すぎる」と言うんで「じゃあ何ち○ぽまで許されるんですか?」って訊いたら、「うーん、一時間に二ち○ぽまでかな」って (笑)。

鶴光　(笑)。今、ケーブルテレビで「オールナイトニッポン・TV@J:COM」っていう番組やってんねんけど、やっぱりズバリは言われへんから、「ちん〝ポッ〟(指を口に入れて内頬を弾いて音を出す)」ってやるわけや。これで許される。

想像したリスナーの負け

みうら　流石《さすが》、いい音、だしますねえ (笑)。

鶴光　いいアイデアやろ。何らかの逃げ道はあるねん。

みうら　でもストレートに言うよりも、逆にそうやって匂わすほうがいやらしかったりしますもんね。
鶴光　「割れ目ちゃん」っていう言葉は一時期言ってもよかったやんか。
みうら　そっちの方がモロ、絵が浮かびますもんね（笑）。
鶴光　男が愛してるのは女やなくて、割れ目を愛してるねんで。
みうら　鶴光さんがそんなこと言うから、後に童貞は〝愛〟についてしこたま悩んだもんですから（笑）。
鶴光　キ○タマのことは「いなり寿司」にたとえることが多いな。風呂でじっくり見たらね、やっぱり似てるわ。
みうら　いなり寿司からしたら不本意でしょうけど。
鶴光　田舎の人が作った、煮染めたどす黒いやつ。あんな感じや（笑）。
みうら　「いなり寿司〜よく見りゃ　己の　キャン玉袋〜〜♪」って都々逸《どどいつ》にもなりますね。
鶴光　都々逸といえば「入れておくれよ　かゆくてならぬ　私ひとりが蚊帳《かや》の外」やね。
みうら　イキなのかエロなのか、想像する分、ラジオはいいですね。
鶴光　絵が見えないラジオならではの話といえば、「グアム島すてきな旅クイズ」と銘打って、優勝者にガム十個と福助の足袋を渡したことあったな。「ガム十《とお》夢の足袋」って。ホンダのナナハンをあげる言うて、「ホンダ」って彫った判子を七本あげたこともあったわ。あれ今やったらあかんやろうな。

みうら　そこも想像したリスナーの負け。

鶴光　だけど今やったら訴えられるかもな。もうちょっと「洒落や」ってわかってほしいよな。所詮ラジオやねんから。

みうら　今は「所詮」で済まなくなりましたしね。当時、鶴光さんが緊急地震速報を読まれたこともありましたよね。

鶴光　関西におると地震なんてほとんどないねん。でもその時はものすごい揺れたんよ。震度四ぐらいかな。ブワーッときて。ほんで俺はスタジオから飛び出そうとしたんやけど、ディレクターが「ダメダメ、そこの壁の張り紙を読んで」と。「車はすぐ左に寄ってください。慌てないでください」とか緊急時に放送するセリフが書いてあんねんな。

みうら　それ、リアルタイムで聞いてて、マジなんかどうか分かんなくて。

鶴光　それで書いてある通りに「ストーブはすぐに消してください。危ないです」って連呼して。

みうら　でもあれ、夏でしたよ。特に暑い日でした。

鶴光　だからすごいクレームのハガキが来たんや。五千通ぐらい来たんやで。「この真夏に誰がストーブつけとるのや！」って（笑）。それと、「鶴光を爆破する」って手紙も来てな。

みうら　爆破⁉

鶴光　それで俺がまたラジオで「鶴光を爆破するって手紙が来たで」って言うてしもたん

いてある。

や。明くる週になったらね、目覚し時計を送ってきよるねん。「鶴光死ね、爆弾や」って書

みうら　怖い、怖い。

鶴光　コッチコッチと音がする。でもニッポン放送の隣が丸の内警察やねん。盾持ったおまわりさんが十人ぐらいビャーッと来た。それで、大丈夫ですとなって、その次の週にまた「おまわりさんが来た」と言ってん。すると爆弾の脅しの手紙がどんどん増える。もう一月ほどたったら、盾も持たんと丸の内警察の署員が一人だけ来て「ああ、またですか」って感じや。

みうら　ま、大事に至らず、良かったですね。

鶴光　当時の僕のあだ名、「エロカマキリ」やんか。ガリガリに痩せてたから。

みうら　ですね。

鶴光　横山ノック先生はエロダコって呼ばれてた。

みうら　どんな世界ですか（笑）。

鶴光　で、リスナーが本物のカマキリ送ってきよるねん。カマキリの卵が送られてきたこともあって、ディレクターが机の引き出しに入れたまま忘れよったんや。

みうら　あっ、その中で孵化《ふか》しちゃったんですね。

鶴光　あれは大変やったわ。あとな、放送が終わって朝六時の新幹線に乗って寝てると、リスナーが車内電話にかけてきよるしやな。

みうら　エロカマキリの追っかけですね（笑）。
鶴光　ハガキだって毎週一万通来るねんで。ディレクターが朝から絞って百枚にしてくれはるねん。そこから俺が選ぶわけよ。
みうら　「所詮ラジオ」じゃないですね、その数。
鶴光　ラジオネームもようできてるのがあった。薬師丸ひろ子のもじりで「よくしまるあそこ」とか。ハガキ職人が放送作家になったりしてましたよ。
みうら　僕も実は……。
鶴光　当時、ボツになったハガキが可哀想やっちゅうんで、年に一回「ハガキ供養」いうて神社へ行って燃やしとったんや。
みうら　世に出られなかった大量のエロネタが灰になってたんですね（笑）。

拝啓、師匠

話の最後に僕が少し口籠ったのは、灰と消えた大量なボツハガキの中に自分のも混じっていたんだなァと思ったから。学生時代、勉強などする暇なくせっせとエロネタを考えては鶴光さんの番組に送ってた。実は一度、読んで頂いたことがあって翌日、クラスではちょっとしたスターだった。僕はラジオネームじゃなかったので「聞いたで、お前の」といろんな奴から言われ有頂天になった。その喜びが忘れられず、きっと本誌連載の『人生エロエロ』も続けられてるんだと思う。

インターネットがない時代だからこそ、深夜ラジオはエロの妄想力が遺憾なく発揮出来た。そして、鶴光さんがあの時生み出された数々のスラング（鶴光語）は還暦目前の僕の脳裏にまだ、こびり付いたままである。所詮ラジオやんか。エロはおもろのうたらアカン。拝啓エロ師匠、あなたの影響力は本当、計り知れません。感謝。

みうらじゅん

しょうふくていつるこ　1948年、大阪府生まれ。1967年、笑福亭松鶴に弟子入り。1974年から約12年間「オールナイトニッポン」のパーソナリティとしてエロトークを繰り広げる。上方落語家で唯一、東京の寄席でトリを務めている。

カバー・扉絵　たなかみさき
本文デザイン　鶴丈二
DTP　エヴリ・シンク

〈初出〉「週刊文春」２０１９年６月20日号～２０２１年３月11日号
「週刊文春」２０１８年１月４・11日号（対談）

文春文庫

定価はカバーに
表示してあります

メランコリック・サマー

2021年7月10日　第1刷

著　者　みうらじゅん

発行者　花田朋子

発行所　株式会社　文藝春秋

東京都千代田区紀尾井町 3-23　〒102-8008
TEL　03・3265・1211(代)
文藝春秋ホームページ　http://www.bunshun.co.jp

落丁、乱丁本は、お手数ですが小社製作部宛お送り下さい。送料小社負担でお取替致します。

印刷製本・凸版印刷

Printed in Japan
ISBN978-4-16-791726-5

（　）内は解説者。品切の節はご容赦下さい。

みうらじゅん
みうらじゅんのゆるゆる映画劇場
雑誌「映画秘宝」の人気連載を文庫化。実は「日本映画批評家大賞」受賞者である著者が、軽快な文章＋キョーレツなネタが満載のマンガで綴る爆笑映画エッセイ。DVD店のお供に！

み-23-2

みうらじゅん
正しい保健体育 ポケット版
保健体育の教科書の体裁で、愛や性について説いた爆笑講義録。下ネタの隙間から、著者の深い人生哲学や人間の真理が見えてくる。累計12万部の人気シリーズを2冊合わせて文庫化。

み-23-3

みうらじゅん
人生エロエロ
「人生の3分の2はいやらしいことを考えてきた」でおなじみ「週刊文春」人気連載の文庫化。「男ってバカねぇ」と女性にも大好評、エロエロエッセイ80連発！　（対談・阿川佐和子）
み-23-4

みうらじゅん
されど人生エロエロ
ある時はイメクラで社長プレイに挑戦し、ある時は「ゆるキャラの中の人」とハッピを着た付添人の不倫関係を妄想し……。「週刊文春」の人気連載、文庫化第2弾！　（対談・酒井順子）
み-23-5

みうらじゅん
「ない仕事」の作り方
アイデアのひらめき方、印象に残るネーミングのコツ、ブームの起こし方、接待術……。企画、営業、接待も全部自分でやる「一人電通」式仕事術を大公開。糸井重里氏との対談も収録。

み-23-6

みうらじゅん
ラブノーマル白書
愛があれば世間が眉をひそめるアブノーマルな行為でも全てノーマルなのだ。少年時代の思い出から最近の「老いるショック」事情まで実体験を元に描く「週刊文春」人気連載を文庫化。

み-23-7

（　）内は解説者。

星野 源
そして生活はつづく
どんな人でも、死なないかぎり、生活はつづくのだ。ならば、つまらない日常をおもしろがろう！　音楽家で俳優の星野源、初めてのエッセイ集。俳優・きたろうとの特別対談を収録。
ほ-17-1

星野 源
働く男
働きすぎのあなたへ。働かなさすぎのあなたへ。音楽家、俳優、文筆家の星野源が、過剰に働いていた時期の自らの仕事を解説した一冊。ピース又吉直樹との「働く男」同士対談を特別収録。
ほ-17-2

星野 源
よみがえる変態
やりたかったことが仕事になる中、突然の病に襲われた。まだ死ねない。これから飛び上がるほど嬉しいことが起こるはずなんだ。死の淵から蘇った3年間をエロも哲学も垣根なしに綴る。
ほ-17-3

堀江貴文
刑務所なう。完全版
長野刑務所に収監されたホリエモン。鬱々とした独房生活の中でも仕事を忘れず、刑務所メシ（意外とウマい）でスリムな体をゲット！　単行本二冊分の日記を一冊に。実録マンガ付き。
ほ-20-1

堀江貴文
刑務所わず。
塀の中では言えないホントの話
「ほんのちょっと人生の歯車が狂うだけで入ってしまうような所」これが刑務所生活を経た著者の実感。塀の中を鋭く切り取るシリーズ完結篇。検閲なし、全部暴露します！　（村木厚子）
ほ-20-2

丸谷才一
腹を抱へる
丸谷才一エッセイ傑作選1
ゴシップ傑作選、うまいもの番付、ホエールズ論、文士のタイトル、懐しい人——数多くのユーモアエッセイから厳選した〝硬軟自在、抱腹絶倒〟の六十九篇。文庫オリジナル。　（鹿島　茂）
ま-2-26

万城目《まきめ》 学
ザ・万歩計
大阪で阿呆の薫陶を受け、作家を目指して東京へ。『鴨川ホルモー』で無職を脱するも、滑舌最悪のラジオに執筆を阻まれ、謎の名曲を夢想したりの作家生活。思わず吹き出す奇才のエッセイ。
ま-24-1

文春文庫　最新刊

百花　川村元気
「あなたは誰？」息子は封印されていた記憶に手を伸ばす…

一夜の夢　照降町四季（四）　佐伯泰英
藩から呼び出された周五郎。佳乃の覚悟は。感動の完結

日傘を差す女　伊集院静
元捕鯨船乗りの老人が殺された。目撃された謎の女とは

彼方のゴールド　大崎梢
今度はスポーツ雑誌に配属!?　千石社お仕事小説第三弾

雲州下屋敷の幽霊　谷津矢車
女の怖さ、したたかさ…江戸の事件を元に紡がれた五篇

トライアングル・ビーチ　林真理子
恋人を繋ぎとめるために、女はベッドで写真を撮らせる

太陽と毒ぐも〈新装版〉　角田光代
恋人たちに忍び寄る微かな違和感。ビターな恋愛短篇集

穴あきエフの初恋祭り　多和田葉子
言葉と言葉、あなたと私の間。揺らぐ世界の七つの物語

色仏　花房観音
女と出会い、仏の道を捨てた男。人間の業を描く時代小説

不要不急の男　土屋賢二
厳しく優しいツチヤ教授の名言はコロナ疲れに効くぞ！

メランコリック・サマー　みうらじゅん
心ゆるむムフフなエッセイ。笑福亭鶴光との対談も収録

手紙のなかの日本人　半藤一利
漱石、親鸞、龍馬、一茶…美しい手紙を楽しく読み解く

太平洋の試練　ガダルカナルからサイパン陥落まで　上・下　イアン・トール　村上和久訳
米国側から描かれるミッドウェイ海戦以降の激闘の裏側